主編：陳大為、鍾怡雯

華文新詩百年選

臺灣卷

貳

編輯體例

一、時間距度：以一九一八年為起點，到二〇一七年結束。

二、地理範圍：以臺灣、香港、馬華、中國大陸等四個創作質量較理想，而且學術研究成果已具規模的華文文學區域為編選範圍。歐美、新加坡等東南亞九國的華文文學，不在選文範圍內。

三、選文類別：以新詩、散文、短篇小說為主，在特殊情況下，節錄長篇小說當中足以反映全書敘事風格，而且情節相對獨立的章節。

四、編選形式：以單篇作品為單位，透過編年史的方式，讓不同時代作品依序登場，藉此建構一地文壇的百年文學發展脈絡。百年當中，總會有幾個時期的整體創作質量，或直接受到政治局勢左右，或受二戰的戰火波及，而導致嚴重的崩壞；但也總會有那麼幾個時代人才輩出，而且出版業興盛，每個「十年」（decade）的選文結果因此不盡相同，不過至少會有一兩篇重要的作品負責呈現那個「十年」的文學風貌，或文學浪潮。在此一理念下建構起來的百年文學地景，應該是相對完善的。

五、選稿門檻：所有入選作家必須正式出版過至少一部個人作品集，唯有發表於一九五〇年以前的部分單篇作品得以破例。

六、選稿基礎：主要選文來源，包括文學大系、年度選集、世代精選、個人文集、個人精選、期刊雜誌、文學副刊、數位文學平臺。至於作家及作品的得獎紀錄、譯本數量、銷售情況、點閱與按讚次數，皆不在評估之列。

七、作家國籍：華人作家在過去百年因國家形勢或個人因素，常有南遊北返，或遷徙他鄉的行述，部分作家甚至產生國籍上的變化。在分卷上，本書同時考慮「原國籍」、「新國籍」、「異地定居」、「長期旅居」等因素（不含異地出版），彈性處理，故某些作家的作品會分別出現在兩個地區的卷次。

目次

總序

華文文學．百年．選

《華文文學百年選》是一套回顧華文文學百年發展的大書，書名由三個關鍵詞組成，涵蓋了全書的編選理念。

先說華文文學。在中港臺三地以外的華人社會，華文是一顆文化的種籽，從華文小學到華文中學，從華語到華文課本，「華」字的存在跟空氣一樣自然，一般百姓不會特別去思量它的命名有何不妥。華語文不但區隔了在地的異族語文，其實也區隔了文化中國這個母體，它暗示了一種「海外」獨有的、在地化的「非純正中文」或「非純正漢語」，日子久了，發酵成像土特產一樣的腔調。

在一九八〇年代進入中國學術視域的「華文文學研究」，不包括中國大陸的境內文學，因為那是「中國文學研究」，臺港澳文學後來跟海外華文文學融為一體，統稱為華文文學。當時臺灣學界不重視這個領域，命名權自然被中國學界整碗端去，先後成立了研究中心、超大型國際會議、專業學術期刊，甚至主動撰寫各國文學史，由此架設起一個龐大的研究平臺，「世界華文文學」遂成囊中之物。華文文學自此獲得更多的交流與關注，學科視野變得更為開闊，我們對東南亞華文文學的研究，確實獲利於此平臺，中國學界的貢獻不容抹煞。不過，「海外」華文文學詮釋權旁落的問題十分嚴重，除了馬華文學有能力在一九九〇年代奪回詮釋權，其他地區至今都沒有足夠強大的本土研究團隊跟中國學界抗衡，發不出自己的聲音。世界華文文學研究平臺，是跨國的學術論壇，也是話語權的戰場。

近十餘年來，有些學者覺得華文文學是中共中心論的政治符號，必須另起爐灶，重新界定了「華語語系文學」，它的命名過程很粗糙且漏洞百出，卻成為當前最流行的學術名詞。它建基於學理和心理上的「雙重反共」，在本質上並沒有改變任何東西，沒有哪個國家或地區的華文文學創作和研究從此改頭換面。

再度把鏡頭轉向廿一世紀的中國大陸，情況又不同了。原本屬於海外華人專利的「華語」，被中國民間商業團體改了體質，撐大了容量，成了現代漢語全球化的通行證，華語吞噬了漢語的概念版圖，一個懷抱天下的「華語世界」在中國傳媒界裡誕生。其中最好的例子是「華語電影傳媒大獎」（十七屆）、「華語音樂傳媒大獎」（十七屆），和「華語文學傳媒大獎」（十五屆），全都是包含中國在內的影音文學大獎；如果再算上那些五花八門的全球華語詩歌大獎，即可發現華語在非官方的日常使用領域中，正逐步取代漢語或普通話，尤其在能見度較高的國際性藝文舞臺。

我們以華文文學作為書名，兼取上述華文和華語的慣用意涵，把中國大陸涵蓋在內（一如我們主辦的「亞太華文文學國際學術研討會」），強調它的全球化視野。這種視野同樣體現在馬來西亞

「花蹤世界華文文學獎」（九屆），卻在臺灣逐步消失。鎖國多年的結果，曾為全球華文文學中心的臺灣離世界越來越遠。

這套書的最大編選目的，不是形塑經典，而是把濃縮淬取後的華文文學世界，以編年史的形式帶進臺灣書市，學生和大眾讀者可以用最小的篇幅去了解華文文學的百年地景——展讀中國小說家如何歷經五四運動、京海之爭、十年文革、文化尋根，和原鄉寫作浪潮的衝擊，如何在新世紀開創武俠、科幻、玄幻小說的大局；或者細讀香港文人從殖民到後殖民，從人文地誌到本土意識的敘述；以及歷代馬華作家筆下的南洋移民、娘惹文化、國族政治、雨林傳奇。當然還有自己的百年臺灣文學脈動。

現代百年，真的是很長的時間。

這百年的起點，有幾種說法。在我們的認知裡，現代白話文的源頭來自白話漢譯《聖經》及晚清傳教士的衍生寫作，當時有些讚美詩的中文／中譯，已經是相當成熟的「歐化白話」，胡適不過借用現成的歐化白話來進行新詩習作，從這角度來看，《嘗試集》比較像是一筆重要的文學史料或遺產。真正對中國現代文學寫作具有影響力並產生經典意義的，是一九一八年魯迅發表的〈狂人日記〉，此文正式揭開中國現代文學乃至全球現代漢語寫作的序幕，是歷久不衰的真經典。故本書以一九一八年為起點，止於二〇一七年終，整整一百年。

百年文學，分量遠比想像中的大。

我們在過去二十年的個人研究生涯中，花了一半的心力研究中國當代小說、散文和詩歌，另一半心力則投入臺灣、香港、馬華新詩及散文，有關新加坡、泰國、越南、菲律賓的研究成果不及一成，北美和歐洲則止於閱讀。上述研究成果，以及我們過去編選的二十幾冊新詩、散文、小說選，都是這套大書的基石，編起來才不至於太吃力。經過一番閱讀與評估，我們認為只有中、臺、港、馬四地的文獻資料是相對完整的，文學史的發展軌跡十分清晰，在質量上足以獨自成卷，而且我們長期追蹤它們的發展，不時選取新近出版的佳作來當教材，比較有把握。歐美的資料太過零散，東南亞其餘九國都面臨老化、斷層、衰退的窘境，即使有很熱心的中國學者為之撰史，甚至編選出文學大系，但質量並不理想。我們最終決定只編選中、臺、港、馬四地，所以不冠以世界或全球之名，只稱華文文學。

最後談到選文。

每個讀者都有自己的好惡，每個學者都有自己的一部（沒有寫出來的）文學史，大家總是對別人編的選集產生異議。文學本來就是主觀的。為了平衡主編自身的個人口味與好惡，我們初步擬好隱藏其後的文學史發展架構，再從各種文學大系、年度選集、世代精選，選出部分被各地區的主流論述認可的經典之作；接著，從個人文集與精選、期刊雜誌、文學副刊、數位文學平臺，挖掘出能夠跟前者並肩的佳作。我們既選了擁有大量研究成果的重量級作家，和中流砥柱的實力派，同時也選了被主流評論忽略的大眾文學作家與文壇新銳。在同水平作品當中，我們會根據教學經驗挑選一些適合課堂討論，或個人研讀與分析的作品。至於作家的得獎紀錄、譯本數量、銷售情況、點閱與按讚次數、意識形態、族群政治等因素，皆不在評估之列。

編這麼一套工程浩大的選集，確實很累。回想埋首書堆的日子，其實是快樂的——重溫了一路陪伴我們成長的老經典，發現了令人讚歎的新文章。我們希望能夠把多年來在教學和研究方面累積的成果，轉化成一套大書，它即是回顧華文文學百年發展的超級選本，也是現代文學史和創作課程的理想教材，更是讓一般讀者得以認識華文文學世界的一流讀物。

陳大為、鍾怡雯

二〇一八年一月八日　中壢

詩史的等比例模型

一九二五年，曾在北平讀書的板橋小夥子張我軍（1902-1955），用一種不帶古典殘影的白話，寫下他給北平的亂世情詩〈亂都之戀〉。那時，臺灣現代詩史尚未萌芽，古典漢詩盤踞固有的山頭，展現著千年不易的優越感。張我軍才二十三歲，卻看到眾多舊文人看不到的大勢，他那本《亂都之戀》在詩史變革的浪尖上成為開山之作，不是沒有道理的。詩史在這年代默默地掀開序幕，是有點冷清，凡高聳之物皆成地景，先是〈人力車夫的叫喊〉，再來是〈燕子去了後的秋光〉，接著到銀鈴會和林亨泰（1924-）。新詩和舊詩在白話中文、古典漢語、皇民日文之間遊走，纏鬥不休，二十幾年就這樣過去了。

詩史是崇高的，是聖殿，絕非閒雜人等戲耍的野地，因此很容易讓人產生錯覺，當我們討論到某些經典名篇，往往自動把大詩人的畢生成就壓縮成一尊小塑像，將他全部詩作理所當然的包裹進去，譬之為大師手筆。如此一來，便忽略了詩作定稿時的實際年齡。最佳例子是南來的鄭愁予（1933-），他在一九五一年寫下無可取代、不容複製的〈野店〉和〈殘堡〉，才十八歲，竟寫出浪跡天涯的蒼茫，且永不褪色。當時臺灣已非詩歌荒原，前不久才從北方來了不少詩人，包括幾位將來成為一代宗師的詩人。少年鄭愁予根本不甩這些，對他來說，一九五一年是前無古人且後無來者的，他寫他想寫的詩，寫他生活過的北國原野。一切都是那麼的純粹。這一年，十九歲的瘂弦（1932-）開始發表詩作，四年後他受邀加入創世紀詩社，再三年才磨出那首讀一遍就畢生難忘的〈鹽〉，當時，也不過二十六歲。藍星成立時，余光中（1928-2017）二十六歲，羅門（1928-2017）二十六歲；洛夫（1928-2018）成立創世紀，同樣二十六歲。

詩壇無前輩，一群小夥子放手一搏，用詩作和詩論打下自己的江山，沒有比這更好玩的事了。誰能想到他們會在往後漫長的一生，累積出那麼多傳奇的詩作和故事。詩社崛起的一九五〇，真是個成一家之言、偶打群架的大好年代。

詩史有時是朦朧的。頂尖的詩篇，好比在人生旅途上臨窗尖叫的地景，看一眼，便死死咬住記憶。隨著自己的年歲增長，地景的位置日益模糊，甚至糊成一糰。能夠清楚記得〈五陵少年〉、〈還魂草〉、〈石室之死亡〉三種風格迥異的詩誕生在同一時期，已經很好；至於〈延陵季子掛劍〉和〈吃西瓜的六種方法〉，實在很難想像它們是相毗為鄰。一九六〇年代承上啟下，強大的創造力超出本身的時間疆域，有如一顆「半流質的太陽」，要錨定它，不是那麼容易。

一九七〇年代也很強大。《驚心散文詩》曾經把我對散文詩的寫作信心，逼退三步。那是七〇年代前半期的傑作。到了後半期，猛然冒出〈薔薇學派的誕生〉，充滿統治力和滲透力的抒情風，出自二十二歲的楊澤（1954-）之手，他的詩會讓人感覺自己「彷彿在君父的城邦」，遁入一個獨特的文字宇宙。另一個稍晚降臨的宇宙是羅智成（1955-），他正好趕上「大敘事詩」浪潮，在一九八一、八二年相繼問世的〈問聃〉和〈離騷〉，不可思議地詮釋了先秦故事，在敘事魔法的深處他輕輕發聲：「不要急！中國的古代才開始」。楊、羅等五〇世代詩人，在敘事詩獎中轟轟崛起。

我不能忘記一九九〇年夏天在臺師大圖書館翻閱陳年副刊的心情，一整版密密麻麻地刊登了一首詩，就一首，甚至連刊兩、三天。那是時報文學獎和國軍文藝金像獎聯手開創的長篇敘事詩盛世，得獎詩作出場的氣勢，十分嚇人，跟現在國際名牌刊登的全版廣告差不了多少。一獎，成名。我在浪潮中讀到二十歲的陳克華（1961-），以及他結構恢宏的行星級大作。在六〇世代詩人當中，陳克華無疑是最早慧的，詭譎多變。才說「我撿到一顆頭顱」，立馬又來一招翻天覆地的「肛交之必要」，轉身一變，卻成了「京都遇雨」。幾種不同的調性構成一名複雜的詩人，絕對是六〇世代第一人。

很遺憾的，在我開始寫詩的時候，體積過度膨脹的敘事詩已經摧毀了自己，有好些得獎詩作太臃腫，無法穿過時間的窄門，永遠囚禁於不再有人翻閱的昔年副刊版面。一九八〇年代後期不再流行敘事，流行後現代。像趕集一樣，從中年學者到新銳詩人無不沉迷其中，不學「後」，無以言。我剛好有幸目睹這股浪潮如何席捲文學界，目睹中毒很深的學者，以及投機取巧的詩人，雙方裡應外合稱霸詩壇近十年。他們自以為是最前衛的智者，是全臺唯一有資格代表新時代的新人類，其餘人等皆屬下品。一門顯學西來，造就一批隨波逐流的瞎子。相同的戲碼，在詩史舞臺反覆上演。

詩史總是潮起潮落，沒有誰是永恆的太陽，前衛只是一時的前衛，經不經得起時間的考驗，很難說。在後現代浪潮侵臺之前，夏宇在一九八二年寫了〈野餐〉，楊牧在一九八三年寫了〈貓住在開滿荼靡花的巷子裡〉，其經典地位和讀者喜愛度，多少年來不動如山，後現代卻如煙消散，找不到一首詩有資格「與李賀共飲」。

潮起潮落，寶刀未老的余光中在西子灣〈夜讀曹操〉，那是大自在的筆法，下筆已是一九九〇年代中葉。焦桐（1956-）用爆發性的手段宣告「我將再起」；陳義芝（1953-）在〈觀音〉寫出幽微高妙、寓意豐盈的情思。五〇世代詩人依舊強大，六〇世代詩人趕上二十世紀最後的文學獎熱潮，〈一枚西班牙硬幣的旅行〉、〈我也會說我的語言〉、〈我的詩和父親的痰〉、〈再鴻門〉全都經過兩大報戰火的洗禮，才站穩了腳步。時間如沙漏裡的流勢，停不下來，才剛跨過千禧年，七〇世代的鯨向海（1976-）開始大展拳腳，引領新一代的風騷。轉眼間，又輪到八〇世代。

詩史百年，戲碼不變。新一代的後進詩人和讀者會產生自己的品牌和品味，把自己的審美標準當作唯一的真理，去審視詩史上的前驅詩篇。在浪尖上睥睨一切，只看到自己，是很正常的。過沒幾年，新的一切淪為舊的一切，更新的弄潮兒和真理接踵而至，再做相同的事。詩史是殘酷的，是一群自大狂的家族史。

這部百年詩選，也是殘酷的，它按照虛擬的詩史來編選，形同全部引文的匯集。從這個角度來看，它是臺灣新詩編年史的一具「等比例模型」，只能在狹小的篇幅裡讓一百二十首詩依序登場，敘說詩史百年的常與無常。

陳大為

二〇一九年一月九日

井邊物語

1987

洛夫

被一根長繩輕輕吊起的寒意
深不盈尺
而胯下咚咚之聲
似乎響自隔世的心跳
那位飲馬的漢子剛剛過去
繩子突然斷了
水桶砸了，月亮碎了
井的曖昧身世
繡花鞋說了一半
青苔說了另一半

作者簡介

——洛夫（1928-2018），本名莫洛夫，生於湖南衡陽，淡江大學英文系畢業。一九五四年與張默、瘂弦共同創辦《創世紀》詩刊，歷任總編輯數十年，對臺灣現代詩的發展影響深遠，作品被譯成英、法、日、韓、荷蘭、瑞典等文，並收入各大詩選，包括《中國當代十大詩人選集》。

洛夫寫詩、譯詩、教詩、編詩歷四十餘年，著作甚豐，出版詩集《時間之傷》等廿二部，散文集《一朵午荷》等四部，評論集《詩人之鏡》等四部，譯著《雨果傳》等八部。二〇一八年三月初出版最後一本詩集《昨日之蛇》。

那棟大廈啊……

林群盛

「那棟完全由玻璃窗構築成的大廈必定禁錮著些什麼吧？」
站在遠處觀望的我低語，並迅速穿過匆忙而淡漠的人車進入大廈門口。找尋許久、竟連管理員也沒有。於是我走入唯一的電梯；卻發現這電梯只到頂樓……
走出電梯後我詫異的看到各色晦暗的燈光在附近走動著。前方不遠處有一排白色欄杆；上面雕刻了許多各種不同姿態的獨角獸、還有一些形狀奇異的，不知名的陌生花卉……似乎在欄杆下有些什麼祕密……
我疑懼的緩緩走近欄杆，驚駭的看到了一顆、一顆心——一顆超乎想像的、幾乎和大廈一般的巨大的心臟被放置在這棟中空的大廈，平穩的跳動著；從心上蔓延的兩根粗大的血管分歧出數萬根微血管繚繞糾結在大廈的內壁……啊，那似在沉眠中的，充塞整棟大廈的心脈不正和我的心跳同頻且共鳴嘛？
我惶惑的看著在血管中流動的液體輕問：「那血管內流動著些什麼呢？」
欄杆上一隻流淚的獨角獸回答說：「流入心的是悲傷；流出心的是孤寂……」

作者簡介

——林群盛（1969-），生於臺北。畢業於光武工專機械科，後於英美日三國留學，攻讀室內設計、音樂、電腦動畫等科系。返國後從事各類遊戲與動畫漫畫相關工作，曾任遊戲企劃、劇本作家與詞曲創作者、動漫館企劃總監、電競教練、插畫、書籍設計等職。曾為地平線、薪火、華岡、瓦解、好燙等詩社同仁。耕莘詩黨、幻獸詩會社「朱雀詩團」、神七詩社發起人。獲創世紀三十五週年詩獎、優秀青年詩人獎等獎項。代表性著作有詩集《超時空時計資料節錄集Ｉ聖紀豎琴座奧義傳說》、《超時空時計資料節錄集Ⅱ星舞紘獨角獸神話憶》、輕詩系01：《限界覺醒！超中二本》，以及初音ミク十周年致敬合集《次元旅行☆跳躍了》。

1987

飛行的女

羅英

1

斑馬線上
行路人吐出一口痰那麼大小
泥濘成女人那樣的
感傷
亦不能飛行在
鴿子的天空
不能昏眩在夕陽內不能
自焚

2

將咒罵語當作球來拋擲
人類覺得口
渴
想要站在雲層上
將尿撒在
鳳凰樹之聒噪的嘴唇和
兩個一起販賣
乳房那種容器上

3

望著幾經摺疊
綢質被面那樣的命運
女人將往後的日子

刺繡成
永遠是叢林那樣的
雨

4

終其生是一匹綿綿長長的
路。非馬蹄非鼓非雷之
女人的腳步聲
走進他耳的彎曲隧道
走進他夢的花園
女人當自己是塵
時時在遐思，時時在雪中恣意地
飛

作者簡介

——羅英（1940-2012），臺北市立女子師範專科學校畢業。曾主持幼稚園，參加「現代」詩社、「創世紀」詩社。創作文類以詩、散文和小說為主。曾獲時報文學獎，作品曾被選入各年度詩選、亞洲詩選、《中國現代文學大系‧詩卷》。

三七——紀念孩子們的大舅父

商禽

為了解釋他並非死於間諜，他又急急地來到我的窗前，他身上殘餘的海灘氣味還激怒了屋角上那隻懶洋洋的遲邏貓。

為了解釋並非死於預謀，他只能把變幻莫測的洋流溫度傳到我的身上，害得我在睡夢中忽冷忽熱。可憐他早已失去了人世的語言。

為了解釋他如何被一個海流漩渦以及海草所吸納，他任由自己浮動的魄影被窗帘圍繞復圍繞，在我猶豫未驚醒之前緩緩沉入又黑又深的天空。

作者簡介

——商禽（1930-2010），本名羅顯烆，又名羅燕、羅硯，另有筆名羅馬、夏離、壬癸等。生於四川珙縣，十六歲從軍，在逃亡與被拉伕的交替中，流徙過中國西南各省，其間開始蒐集民謠，試作新詩。隨軍來臺後任陸軍士官退伍，做過編輯、碼頭臨時工、園丁等，也賣過牛肉麵，後於《時報週刊》擔任主編、副總編輯。

早年於《現代詩》發表詩作，後參與紀弦發起的「現代派」，並加入創世紀詩社。曾應邀赴美參加愛荷華大學「國際寫作計畫」。其早年成名作多為散文詩，被譽為一九五〇年以降臺灣散文詩的開山者，有「鬼才」之稱，是活躍於五、六〇年代臺灣現代詩壇的重要詩人。詩作數量不超過兩百首，著作僅有詩集《夢或者黎明》、《用腳思想》，以及增訂本《夢或者黎明及其他》和選集《商禽世紀詩選》、《商禽集》五種，另有英、法、德、瑞典文等譯本。一九七七、一九八二、二〇〇五年三度名列當代十大詩人，《夢或者黎明》亦於一九九九年入選臺灣文學經典詩集。

五七——紀念孩子們的外公

商禽

聽罷比他早走數年至今猶是孤魂野鬼的部屬有著被芝麻大小的神祇所為難而不能盡收生前足跡的抱怨之後，他不禁大嘆連靈界亦充滿了勢利眼。要不，怎麼自己進入老家舊宅院時並未受到任何攔阻。

而他生前的副官卻另有解釋，他說：長官，回煞不順非關我的階級大小，問題出在我腿中的那顆彈頭，雖然它生前以不同程度的痠痛使我預知風雨，如今卻被自己的門神視為凶器而不准進入。

現在，他終於諒解兒媳們將他火化並非忤逆不孝了。記得撿骨的時候還有個孫子誤把熔化後他脊椎旁那些彈片當作勳章哩。

作者簡介

——商禽（1930-2010），詳見本書頁三二一。

1989

麵包店與恐龍

林群盛

麵包店裡
有些事值得記憶
例如一隻誤入的恐龍
女店員毫不吃驚「歡迎光臨
請勿在麵包上留下爪痕，謝謝」
有些事值得遺忘
例如三明治多夾層的心事
蛋塔濃稠的對話
草莓果醬麵包的初戀
檸檬派的約會細節
一排排麵包謠傳彼此
烘焙發脹的歷險

在收銀臺被寫成數字密碼
女店員找了錢忘了化妝
以及自己的早餐
穿著橘黃色制服
像包著蕾絲的蛋糕
恐龍低頭在嗅覺的迷宮裡
迷路。久久不知如何選擇
未過保存期限的食慾
還有冰庫內的冰淇淋
生日蛋糕、蠟燭、鮮奶
麵包店裡
一切都柔軟可口適於記憶
除了誤入的恐龍們
以及離去時無心
吞下的女店員：
「謝謝光臨」

作者簡介

——林群盛（1969-），詳見本書頁二六。

不敢入睡的原因

沈志方

對，一切都是因為
地球自轉的關係

先是我好疲倦的躺在床上，床好疲倦的躺在
地球上，我們一起準備入睡。因為地球自轉
的關係，月光開始一寸一寸把我推醒
推我向地球那頭，一寸一寸，滑落
地球就翻過來睡在床上，床就翻過來睡在我
敏感單薄的背上，壓得脊椎與聲帶咯咯作響
……我不敢吵醒別人

我不敢入睡。我怕啊我怕一不小心睡著了

地球和床和我將立刻向無底的宇宙墜落
——那，那所有的連續劇怎麼辦？
等待繼續曝光的各種內幕怎麼辦？
已經高價買進的大筆股票怎麼辦怎麼辦？
我不敢入睡。為了所有人美麗的明天
趴在床上奮力支撐地球的重量，直到
唉天亮

一切絕對是
該死的，地球自轉的關係

作者簡介

——沈志方（1955-）生於北縣瑞芳，長於板橋。浙江餘姚人，眷村子弟。東海中文系、所畢業，曾任職於遠太關係企業、理想國開發集團，並任教於僑光、東海、靜宜等校中文系。二〇一五年退休，現居臺中。曾為「創世紀」詩社同仁，著有詩集《結局》等。

口信

梅新

請帶個口信給我母親
說我經過一場哀天慟地的哭泣之後
我經常懸著兩道鼻涕
擦得兩袖全是汙垢的臉
現在已顯得十分清爽光鮮
常露在嘴角的微笑
正是她初嫁到我家的那個樣子
最使她感到高興的
該是
我留言，或是
有人請我簽名留念的時候
我拿筆的姿勢

仍然保持她
握著我的手
要我隨著她手的移動而移動的那個樣子
一點，點得好高
一直，直得好穩
一捺，捺出了格
請告訴她
以後母親的碑
一定要我自己替她寫
替她刻
用她自己教我的那個手勢

請帶個口信給我母親
我回去的時候
請她還是
倚在門口等我

我剛進入村子
就聽見她在叫我
全村子的人
都聽見她在叫我

作者簡介

——梅新（1933-1997），本名章益新，經常以魚川筆名寫詩以外的文章，在中央日報副刊闢「魚川讀詩」專欄，評介現代詩。花蓮師專、中國文化大學新聞系畢業，曾任小學、中學、專科及大學教職。後步入傳播界，擔任過民生報、聯合報編輯、臺灣時報副刊主編、中央日報撰述、正中書局副總編輯，聯合文學月刊主編、現代詩季刊主編、社長，國文天地社社長，繼任中央日報主筆兼副總編輯、副刊中心主任暨副刊主編。著有詩集《再生的樹》、《椅子》、《家鄉的女人》、《履歷表》，散文《沙發椅的聯想》、《正人君子的閒話》，論評《憂國淑世與寫實創新》，報導文學《從北京到巴黎》及《梅新自選集》等。

1991

酒是黃昏時歸鄉的小路

洛夫

酒在甕內從不說人世的
是是非非
黃河與血管乍然匯合時我便
昏瞶如一醉漢
時間或可使兩岸結紮多年的稻田同時受孕
歸途水勢洶湧
鄉音原是我耳朵裡
的一塊
小小的平衡骨
路，卻愈走愈斜

作者簡介

——洛夫（1928-2018），詳見本書頁二一四。

1991

人生不值得活的

楊澤

人生不值得活的。
稍早，也許
我就有了不祥的預感。
稍早，早於你幼獸般
動人動人的花紋，早於
暗中的木瓜樹
高度完美的陽臺與星
早於夜晚——屬於所有情人的
魔笛和獨角獸底夜晚；
當魔笛吹徹
魔笛終因吹徹小樓而轉涼
號角重返那最後

與最初的草原黎明……

人生不值得活的。
稍早，我便有了如此預感。
稍早，早於我的相對
你的絕封——野兔般
誠實勇敢底愛欲本能
還有那（讓人在在難以釋懷）
駁雜不純的氣質
傾向感傷，傾向速度
也傾向，因夢幻而來的
一點點耽溺與瘋狂

人生並不值得活的。
更早，早於書本
音樂及繪畫——一開始

我就有了暗暗的預感。
綠光和藍薔薇
大麻煙捲與禪
我夢見你：電單車的女子
模仿圖畫裡的無頭騎士
拎著一頭黑濃長髮，朝
草原黎明疾馳離去……
當魔笛再度吹徹
魔笛終因吹徹而轉寒
愛與死的迷藥無非是
大海落日般——
一種永恆的暴力
與瘋狂……

人生不值得活的。
在岸上奔跑的象群

大海及遠天相偕老去前：
暗舔傷口的幼獸哪
只為了維護
你最早和最終的感傷主義
我願意持柄為鋒
作一名不懈的
千敗劍客
土撥鼠般，我將
努力去生活

雖然，早於你的夢幻
我的虛無；早於
你的洞穴，我的光明——
雖然，人生並不值得活的。

作者簡介

——楊澤（1954-），本名楊憲卿，臺灣嘉義縣人，國立臺灣大學外文系畢業、外文研究所碩士、美國普林斯頓大學博士。曾獲中國時報文學獎敘事詩優等獎、中國時報文學獎推薦獎等。著有詩集《薔薇學派的誕生》、《彷彿在君父的城邦》、《人生不值得活的》、《新詩十九首》等。

懷念柏克萊（Aorist: 1967）

楊牧

我因此就記起來的一件舊事
蕭索，豐腴，藏在錯落
不調和的詩裡。細雨中
兩個漢子（其中一個留了把絡腮鬍
若是稍微白一點就像馬克斯）因難地
抬著一幅3×6的大油畫從惠勒堂
向加利弗館方向走，而我在三樓高處
憑欄吸菸，咀嚼動詞變化

他們將畫放下來歇歇，指點天空
或許在討論雨的問題而我甚麼
都沒聽見。這時他們決定換手下臺階

我才發現那是一幅燦爛鮮潔的
秋林古道圖，橫過來一級一級顫著搖著
往下移，以四十五度傾斜之勢——
絡腮鬍子在前步步倒退，右手
緊抓著金黃的樹梢，另外那個人左手握住
一座小橋

我將菸熄滅
中止本來一直在心中進行著的
希臘文不定過去式動詞系列變化表
倚窗逼視。那是夾道兩排黃楊當中
最高的一棵，而橋下流水清且漣漪
是秋天的景象，筆路刀法隱約
屬於塞尚一派
乾燥的空氣在凹凸
油彩裡細細流動，接近了

加利弗館大門，在雨中，乾燥流動
不調和的詩裡
蕭索，豐腴，藏在錯落
我因此就記起來的一件舊事

作者簡介

——楊牧（1940-），臺灣花蓮人，東海大學畢業，美國愛荷華大學（Iowa）碩士，柏克萊（Berkeley）加州大學博士；現任國立東華大學講座教授。著有散文、詩集、戲劇、評論、翻譯、編纂等中英文五十餘種。

1992

伍子胥日記

零雨

1

把眼睛分開，一隻
看守白晝，一隻
看守
西門外的旗子
湧進月色

緞面絲的月亮十五個晚上
那麼大緞面絲的旗子十五
個月亮那麼多一面通往
京城的路上一面

潛入城門的守備一面
套住吶喊者的舌頭一面
跟著一面跟著
我的眼睛

2

老人翻身，所有的
老人都在噩夢中
翻身
拉開窗簾
一個不同於昨日的月亮
立於庭中
他揉揉眼睛然後
歸罪於噩夢然後
回到床上再度

抓到前一個夢的尾端
傾力泅游

月亮靠老人很近近得可以
聽到噩夢的活動噩夢它先
到達膝蓋接著橫跨腹腔進攻
咽喉要塞接著
逼得老人叫出聲音來

老人張開眼睛發現月亮
照出了室內的空曠

3

把眼睛分開，一隻
看守一面

月亮，一隻
看守另一面
月亮

走人束手立於庭中
他從東邊走到西邊
再走到暗處
——僅剩的暗處　我的
眼睛就在這裡
他不明白，他只見
所有的月亮圍攏過來
——向他索討
他統治過的所有月亮
那天晚上所有都回來了

4

而我的眼睛總算射殺了
兩隻月亮，為了我自己為了
總算也流下淚來

作者簡介

——零雨（1952-），臺北人，臺大中文系畢業，美國威斯康辛大學東亞語文碩士，哈佛大學訪問學者；兩次客居美國，也因此擴大了零雨閱讀與心靈的視野。

曾任《現代詩》季刊主編、《國文天地》副總編輯、宜蘭大學教師，並為《現在詩》創社發起人之一。

一九八二年六月《現代詩》復刊，她才接觸現代詩。一九八三年開始創作，同年發表〈城的連作〉。

零雨善於從神話、歷史、繪畫等素材中尋找詩的語言，她的詩作往往能超越性別、年齡、地域；知性揚昇，非女詩人慣用的柔性題材。著有詩集《城的連作》、《消失在地圖上的名字》、《特技家族》、《木冬詠歌集》、《關於故鄉的一些計算》、《我正前往你》、《田園／下午五點四十九分》、《膚色的時光》等八種。其作品多次收入年度詩選；白靈主編的《新詩二十家——臺灣文學二十年集（一）一九七八－一九九八》，她是二十家其中之一位；馬悅然、奚密主編的《二十世紀臺灣詩選》，她也是少數入選的女詩人。

1992

如畫

侯吉諒

起風的時候，窗外
陽臺上蘭竹狹扁的長葉如削如切，
將時間削成季節，把空間
盤古開天般一斧一斧地切成了
山水。招展起伏，如從容的筆意，
輕輕在墨色淋漓的宣紙上拂過。

我極目遠眺，眼光
深深埋入水分飽滿的松林，
一條蜿蜒小徑，若有若無，
在重墨與輕染之間，向晚時分，
走入深瓦濃牆的林屋，

屋內，無人，四壁如風
風中有一股墨香在牆上游移，
那牆上斑斕的光線的光影說：
「主人不在
雲深不知處的地方，
水邊，那株桃花正開著呢。」

但桃花在哪裡呢？
窗外，水源快速道路才通車不久，
來往依稀，遠遠聽起來，真的像風，
再過去，就是河濱公園，
我每天慢跑的地方，
從未見過
有花盛開如精美的詩句，
只有遠山，在濃稠的車聲市霧裡，
在大廈與高樓的中間。

我緩步前行，
走過那株他年前才剛種下的扁柏，
枝葉早已茂密的櫻花、幾棵黑松和
樹下層層堆疊的墨韻，
就在墨韻深處
山勢陡然如壁，出其不意的，向天
猛然插去。不慌，不忙
一抹微雲飄下凌厲的山勢，輕輕一推
以太極拳的抱球推手，左抱球右轉身
雙手緩緩往外畫弧，向前
慢，慢，推出……，只見
天地順勢迴步俯身，繞過
季節的更替，
那株桃花，果然，在春天的黃昏，
在雲天交會、山水不分之處，
盛美如詩。

至於窗外何時風止，竟是
無意間的事了。從我八樓的窗口望出去，
月正中央，新店溪的溪水幽然有光，
像那股揮之不去的墨香，
至於蘭竹，那支毛筆，
早已洗好吸乾，擱在紙鎮上，
在深夜的燈下，
在一個桃花盛開的夢裡。

作者簡介

——侯吉諒（1958-），臺灣嘉義縣人，國立中興大學食品科學系畢，曾任時報週刊編輯，創世紀詩刊主編，海風出版社總編輯，聯合報副刊編輯。為「臺灣現代詩網路聯盟」發起人之一，並成立「有聲文字工作坊」。曾榮獲第五、十四、十五屆時報文學獎新詩類獎項，第五屆時報文學獎現代詩優等獎，第二十一屆國軍新文藝金像獎，長詩銀像獎，全國優秀青年詩人獎等等。

侯吉諒是詩人、畫家，同時擅長書法、篆刻和散文創作。曾在臺灣、美國、日本等地舉辦過數十次書畫展。師承江兆申先生。二〇〇四年受邀至華盛頓展覽，同時應邀至美國國務院、馬里蘭大學演講並示範。二〇一六年獲邀至加州硅谷亞洲藝術中心，舉辦詩書畫印個展。他熱愛古典傳統藝術，著迷科技時尚美感，並致力推動書法教育。

1993

度冬的情獸

顏艾琳

冬天的時候
我們窩在棉被的巢裡，
獸一般地取暖。
親愛的小孩，
你貪心地吸吮我的乳房
含糊而溼濡地說
：「你的雙乳很原始、
　你的奶頭很古典、
　你的體溫很東方……」
是的，我們的臥姿
是洪荒時期取火的動作，
藉由摩擦和不斷地鑽抽

來燃燒自己的文明。

親愛的小孩，
睡意來襲之前
我們都是「更新世」的野獸，
還在渴望著直立的生活。

但，我們還是蜷躺著吧！
用肉體建築最初的洞穴，
潛躲我們害羞而不可告人的進化。

作者簡介

——顏艾琳（1968-），臺灣臺南人，輔仁大學歷史系畢、臺北教育大學語文創作所肄業。曾任新北市政府顧問、耕莘文教院顧問、韓國文學季刊《詩評》臺灣區顧問、內地詩歌刊物顧問與網站專欄詩人。曾獲出版協進會頒發「出版優秀青年獎」、創世紀詩刊四十周年優選詩作獎、文建會新詩創作優等獎、全國優秀詩人獎、二〇一〇年度吳濁流新詩正獎等獎項、二〇一一年中國文藝文學類新詩獎章；並擔任重要文學獎評審與藝文課程講師、策劃人、主持人、諮詢委員，二〇一〇年與人合編並主演舞臺劇《無色之色》等。著有《微美》、《骨皮肉》、《詩樂翩篇》、《吃時間》等十九本書；重要詩作已譯成英、法、韓、日文等，並被選入各種國文教材。

夢中書店

羅智成

我們最敬畏、最著迷的叢林
正是那家書店。

在沒落社區一個
屢被郵差錯過的門牌裡
幾百里長的各式書架以及
石鋪、鑲木以及
泥濘的甬道
壅塞、盤據
把知識延伸到
店裡一些還沒接上電力的地方：
布滿蛛網、迷瘴、

老鼠與蠹蟲的廳房、下水道、
水深及膝的地毯和
永遠失落了鑰匙的密室……

而高達數十層的書架、架上的巨型標本
殘破的旗幟、族徽、
封死的軒窗、失憶的抽屜
便一窟又一窟地向我們展示
人類心智猙獰的原貌……
沒有人，包括第三代店員八十九歲的ㄌ先生，
沒有人知道書店的實際規模——
包括去年為了追捕一本風漬書而
永遠沉淪於文字流沙中的文學教授、
多年以後突然從壁畫中破牆逃回的書評家
以及緊咬著他後領的新品種蝙蝠……
真的，即使緊守著乙區東側的書庫——

以傳記文學和寓言為主的灌木叢——
我們偶爾也會碰上一些
迷途者的骸骨……

我們最著迷的迷宮
就是那家書店了！
在變動不安的整整一個世代
我們幾乎是含著淚傳頌
那座不移動、不融化也不現形的冰山
而閱讀
讀那些冷僻、艱深的心靈——
以及持續不懈的幻想
就是我們青澀的教派每天的儀式

像隻深藏不露的巨獸
書店以不起眼的門面對外經營

在重重書架後頭
它卻兀自生長
以一種初生星球的能量、暴力
和不可思議的可能性……

向晚時
我們總聽見近處、遠方
各種支架鬆動、潛行躡行的聲響
或土著在斷簡殘篇中搬桌動椅……
對此我早已見怪不怪
我踮腳取下一本殷代出版的植物誌
水聲從架上空出的縫隙傳來
我專心翻閱
端坐如晷
渺小如蟻
然後換另一本書

好奇索讀
直到知識打烊……

作者簡介

——羅智成（1955-），詩人、作家、媒體工作者、文化觀察者。臺大哲學系畢業，美國威斯康辛大學東亞所碩士、博士班肄業。曾經長時期參與多種媒體的經營管理，如：報紙、雜誌、電臺、電視製作、出版及通訊社等；也曾擔任過相關公職。現為文化創意事業負責人。著有詩集《畫冊》、《傾斜之書》、《寶寶之書》、《光之書》、《泥炭紀》、《擲地無聲書》、《黑色鑲金》、《夢中書房》、《夢中情人》、《夢中邊陲》、《地球之島》、《透明鳥》、《諸子之書》等，詩劇《迷宮書店》，散文或評論《亞熱帶習作》、《文明初啟》、《南方朝廷備忘錄》，攝影集《遠在咫尺：羅智成攝影之旅》。

說一部「秋冬收脂後無疤無節上等梨木乾隆版木刻大藏經」的閒話

管管

一部叫乾隆版的大藏經從雍正十一年動刀（那時他奪位弒兄已成，殘害志士正殷，呂留良甘鳳池呂四娘等俠士，正在「雍正劍俠圖」裡「火燒紅蓮寺」裡「血滴子」裡飛簷走壁）。刻到乾隆五年（也正是平定大小金川〔其實是殲滅〕香妃飲恨之時）。不知是什麼心情來刻這部救苦救難大慈大悲的大藏經？不知二位皇帝帶血的雙手怎樣下刀來刻這部大藏經？

刻工四百五十人，個個皆是天下武林高手，集天下名刀於一部大藏經上。一百卅一位高僧來校訂，不知有無校訂出字裡行間雍正乾隆那雙血腥龍爪在字裡行間滴下的血腥，佛經裡的「桃花扇」乎？

七萬九千三十六塊版，不知殺了幾千棵無疤無節的梨樹？那幾年梨價一定暴漲，很多人吃不到梨，不知萬歲爺有沒有梨吃？（啊呀！少了多少一樹梨花春帶雨？少了多少一樹梨花壓海棠？萬歲爺少不了一樹梨花壓三宮六院的海棠！）

版重四百噸，四百噸梨子要吃多少人？花了八萬兩白銀，八萬兩白銀要買麥子多少噸？

這些都不要緊，要緊的是這部經從乾隆五年到一九九三年，這四百年來僅僅熬成了為國家大老。

這經不知度了多少人？多少盜？多少賊？多少貪嗔癡頑？這經不知度了多少僧？多少道？度了多少漁樵耕讀？悟了多少英雄漢？醒了多少帝王家？覺了多少癡男怨女？

不過這些梨樹若不刻成大藏經鐵定活不了四百年。早晚也會被「紅槍會」、「大刀會」、「太平天國洪秀全」、「八國聯軍」、「義和團」給燒完！四百五十位刻版高手也會餓飯，一百卅一位高僧也不能打發了青燈黃卷無聊的時間！

八萬兩白銀可以飯多少人？人總不會成大藏經，人終究是大便！除非你是馬王堆出了土的金縷玉衣女屍！

七萬九千三十六塊梨木板，到底殺死了多少棵梨樹，一棵梨樹一年能開多少花結多少梨？一部大藏經能開多少花結多少梨？一棵梨樹能度多少僧多少尼？

這是，這是吾最最感興趣的問題，誰能來答覆這個問題？

你要大藏經？還是要會開花會結梨的梨樹？你要古董還是要活不了四百年的梨樹？

大江匆匆東去，浪淘盡了風流及不風流的人物。花與梨很快便化為糞土，那七萬九千多塊骨董再住上幾個四百年也將化為糞土。

「慧能慧能，本來無一物，何處惹紅塵！」「請問上座，你是什麼？」「何處惹紅塵？

本來無一物。」
「啊！」
「如今只見會殺人的昏君。未聞殺了人來刻大藏的皇帝。」「黃鼠狼生耗子，一袋不如一袋！」
「放屁放屁放屁!!!簡直放屁?!」

作者簡介

——管管（1928-），本名管運龍，中國人，山東人，膠縣人，青島人，臺北人。寫詩八十多年，寫散文四十多年，畫畫七十多年，喝酒六十一年，戒菸五十多年，罵人七十多年，唱戲六十五年，看女人七十年七個月，迷信鬼怪八十九年，吃大蒜八十八年零七天，單戀六十九年零二十八天；結婚十九年，妻一女一子二。好友六十六，朋友四千多，仇人半隻。曾演出《六朝怪譚》、《策馬入林》、《超級市民》、《梁祝》、《掌聲響起》、《暗戀桃花源》、《52赫茲，我愛你》、《暑假作業》等電影、電視、舞臺劇三十三部之多。

跳蚤聽法

許悔之

我的佛陀，當祢巍巍端坐
如蓄勢的海，不動的山
我卻只聽見蟬嘶盈耳
如浪奔來，淹沒我對祢的呼喚
呼喚祢，我的佛陀
我跟隨祢，聽祢說法四十年
早已知道祢實無一法可說
我也無一法可得
祢是那舟，帶我渡河
河既未渡，如何燒舟？
四十年來，我嗅祢的味
觀祢的形，見法如棄嬰長大

而祢，我的佛陀祢日漸消瘦
我聽見祢的骸骨瞬間的崩落

我也有喜，不喜法喜
我是一隻跳蚤，被寬容地
可以活在祢的衣裡，懷抱之中
他們還在聽祢說法
或因羞慚而涕淚悲泣
或因體解而讚歎歡喜
只有我，只有我知道
祢是什麼都再也不能說了

四十年來，我將第一次
悲哀而無畏的
咬囓祢，吸祢的血
我有法喜，這世界只有我

吮過祢的寶血
我有法悲，因為我吸的是
這世界最後一滴淚

作者簡介

——許悔之（1966-），臺灣桃園人，國立臺北工專（現改制為國立臺北科技大學）化工科畢業。曾獲多種文學獎項及雜誌編輯金鼎獎，曾任《自由時報》副刊主編、《聯合文學》雜誌及出版社總編輯。現為有鹿文化事業有限公司社長，著有童書《星星的作業簿》；散文《眼耳鼻舌》、《我一個人記住就好》；詩集《陽光蜂房》、《家族》、《肉身》、《我佛莫要，為我流淚》、《當一隻鯨魚渴望海洋》、《有鹿哀愁》、《亮的天》，二〇〇六年十二月出版《遺失的哈達：許悔之有聲詩集》；英譯詩集 *Book of Reincarnation*、三人合集《臺灣現代詩 II》之日譯詩集等詩作外譯，並與馬悅然（N.G.D. Malmqvist）、奚密（Michelle Yeh）合編《航向福爾摩莎：詩想臺灣》（*Sailing to Formosa: A Poetic Companion to Taiwan*，美國華盛頓大學出版社出版，二〇〇五年）；二〇〇七年十二月出版個人日譯詩集《鹿の哀しみ》（三木直大教授翻譯，東京思潮社印行）；二〇一〇年七月出版散文《創作的型錄》；二〇一七年六月出版詩集《我的強迫症》；二〇一八年十月出版散文《但願心如大海》。

二〇一七年起，抄經及手墨作品，應臺北「敦煌藝術中心」之邀，陸續參加臺北國際藝術博覽會、上海城市藝術博覽會……等聯展；二〇一八年三月，臺北「敦煌藝術中心」舉辦「你的靈魂是我累世的眼睛：書寫觀音書寫詩・許悔之手墨展」。

1995

借句

席慕蓉

一生倒有半生　總是在
清理一張桌子
總以為　只要窗明几淨
生命就可以重新開始

於是　不斷丟棄那些被忽略了的留言
不斷撕毀那些無法完成的詩篇
不斷謂嘆　不斷發出暗暗的驚呼
原來昨日的記憶曾經是那樣的光華燦爛
卻被零亂地堆疊在抽屜最後最深之處

桌面的灰塵應該都能拭淨

瓶中的花也可以隨時換新
實在猶豫難捨的過往就把它們裝進紙箱
但是　要如何封存
那深藏在文字裡的我年輕的靈魂

（要怎麼向她解釋
說我們同行的路途最好到此為止？）
從來也沒有學會如何向自己道別
我只能把一切再還給那個混亂的世界
在微雨的窗前　在停頓的剎那間
某些模糊的角落又會逐漸復原

於是　周而復始　一生倒有半生
總是在清理一張桌子
清理所有過時　錯置　遺忘
以致終於來不及挽救的我的歷史

作者簡介

——席慕蓉（1943-）祖籍蒙古，生於四川，童年在香港度過，成長於臺灣。畢業於比利時布魯塞爾皇家美術學院，專攻油畫。著作有詩集、文集、畫冊及選本等五十餘種，被譯為多國文字。近二十年來潛心於原鄉書寫，並為內蒙古大學、寧夏大學、南開大學等校的名譽教授，內蒙古博物院特聘研究員，鄂溫克族及鄂倫春族的榮譽公民。

1995

「肛交」之必要

陳克華

我們從肛門初啟的夜之輝煌醒來
發覺肛門只是虛掩
子宮與大腸是相同的房間
只隔一層溫熱的牆
我們在愛慾的花朵開放間舞踊
肢體柔熟地舒捲並感覺
自己是全新的品種
在歷史或將降下的宿命風暴來臨前
並沒有什麼曾被佛洛依德的喉嚨不幸言中

（我們是全新的品種
豁免於貧窮、運動傷害和愛滋病）

讓我們呈上自己全裸的良知和肛門供做檢驗
並在一枚聚光的放大鏡下
觀察自己如何像鼠類一般抽搐
感受狂喜疼痛
毛髮被血浸溼像打翻了一瓶顏料——呵，我們
我們是否能在有生之年有幸證實肛交之必要性……
勢必我們要在肛門上鎖前回家
床將直接埋入墓地
背德者又結束了他們欺瞞的榮耀一日
沒有人知道縫隙間的傷口包藏著什麼腐爛的理由
我們何不就此失血死去？

（那個說要去敗壞道德的人首先脫離了隊伍
在花朵稠密處舞弄頭頂的光環
至少他，他不曾證實肛交之不必要性……）

但是肛門只是虛掩
悲哀經常從門縫洩露一如
整夜斷斷續續發光的電燈泡
我們合抱又合抱不肯相信做愛的形式已被窮盡
肉體的歡樂已被摒棄
我們何不就此投入健康沉默的大多數？
我們何不就此投入多數？
多數是好的
睡眠是好的
做愛是好的
不做愛也是好的
無論是敲扣或直接推開肛門
肛門其實永遠
只是虛掩……

作者簡介

——陳克華（1961-），生於臺灣花蓮市。祖籍山東汶上。畢業於臺北醫學大學醫學系，美國哈佛醫學院博士後研究。日本東京醫科齒科大學眼科交換學者。現任臺北市榮民總醫院眼科部眼角膜科主任。創作範圍包括新詩、歌詞、專欄、散文、視覺及舞臺。現代詩作品及歌詞曾獲多項全國性文學大獎，出版五十餘冊文學創作，作品並被翻譯為德、英、日文等多國語言。並出版日文詩集《無明之涙》，德文詩集《此刻沒有嬰兒誕生》。有聲出版《凝視》及《日出》。歌詞創作有一百多首，演唱歌手從蘇芮、蔡琴、齊豫，到張韶涵及趙薇。近年創作範圍擴及繪畫、數位輸出、攝影、書法及多媒材。

1995

再鴻門

陳大為

1閱讀：在鴻門

來，坐下來，翻開你期待的精裝
展讀這件古老的大事，在烈酒的時辰
在遺憾叢生的心理位置。

如你所願的：金屬與流體的夜宴
音樂埋伏在戈的側面，像鷹又像犬
偉大事件的構圖不留縫隙
氣氛裡潛泳著多尾緊張的成語
你不自覺走進司馬遷的設定：
成為范增的心情，替他處心替他積慮；

情節僵硬地發展，英雄想把自己飲乾
你在范增的動作裡動作
形同火車在軌上無謂掙扎
劍舞完，你立刻翻頁並吃掉頁碼！
也來不及暗算或直接狙殺
你的憤恨膨脹，足以獨立成另一章。

來，再讀一遍鴻門這夜宴
坐進張良的角色，操心弱勢主子
會有不同的成語令你冷汗不止。

2 記史：再鴻門

是一頭麒麟，被時間鏤空的歷史
是一頭封鎖在竹簡內部的麒麟

「沉睡，但未死去。」
司馬遷研磨著思維與洞悉
在盤算，如何喚醒並釋放牠的蹄。

敘述的大軍朝著鴻門句句推進
「這是本紀的轉折必須處理……」
「但有關的細節和對話你不曾聆聽！」
「歷史也是一則手寫的故事、
一串舊文字，任我詮釋任我組織。」

寫實一頭遙傳的麟獸
寫實百年前英雄的舉止與念頭
再鴻門——他撒豆成兵運筆如神
　　亮了燭，溫了酒，活了人
　　樊噲是樊噲，范增是范增
歷史的骷髏都還原了血肉——在鴻門！

劍拔弩張的文言文，點睛的版本
麒麟在他嚴謹的虛構裡再生。

3 構詩：不再鴻門

本紀是強悍的胎教定型了大腦
情節已在你閱歷裡硬化
可能結石在膽，可能開始潰爛盲腸
八百行的敘事無非替蛇添足
不如從兩翼顛覆內外夾攻！

但我只有六十行狹長的版圖
住不下大人物，演不出大衝突
我的鴻門是一匹受困的獸
在籠裡把龐大濃縮，往暗處點火：

不必有霸王和漢王的夜宴
不去揑造對白，不去描繪舞劍
我要在你的預料之外書寫
寫你的閱讀，司馬遷的意圖
寫我對再鴻門的異議與策略
同時襯上一層薄薄的音樂……

作者簡介

——陳大為（1969-），出生於馬來西亞怡保市，臺灣師範大學文學博士，現任臺北大學中文系教授。著有：詩集《治洪前書》、《再鴻門》、《盡是魅影的城國》、《靠近羅摩衍那》、《巫術掌紋》；散文集《流動的身世》、《句號後面》、《火鳳燎原的午後》、《木部十二劃》；論文集《存在的斷層掃描：羅門都市詩論》、《亞細亞的象形詩維》、《亞洲中文現代詩的都市書寫》、《詮釋的差異：當代馬華文學論集》、《亞洲閱讀：都市文學與文化》、《思考的圓周率：馬華文學的板塊與空間書寫》、《中國當代詩史的典律生成與裂變》、《馬華散文史縱論》、《風格的煉成：亞洲華文文學論集》、《最年輕的麒麟：馬華文學在臺灣》、《神出之筆：當代漢語詩歌敘事研究》、《鬼沒之硯：當代漢語都市詩研究》。

1995

觀音

陳義芝

妳坐我旁邊
像一尊瓷白的觀音
鼻頭沁一絲絲汗
蜜蜂剛剛飛走
柔軟的唇吐著金魚的話
距離如透明的玻璃缸
蔥白一樣的手指啊
應該捲進荷葉裡
還是棉被裡

妳坐我旁邊
像一間聽不到回音的空房

光滑的石頭被水包圍住
溺水的是太陽
暈黃的月勾在山頂上
溢出比電光還明的稜線
從夜的睫毛下滑
向月亮的酒窩
向月球的乳頭

妳不知道我抱住水滑的石頭
正嚼著包蔥白的荷葉餅
妳不知道我已抱住觀音
不敢下滑……
頭髮是慾望衣服是摩擦
我和楊枝淨水瓶最靠近的呼吸擁抱
妳坐我旁邊
是我取水的

深潭

作者簡介

——陳義芝（1953-），一九七二年開始文學創作，臺灣師範大學國文學系畢業，香港新亞研究所碩士，高雄師範大學博士。曾任《聯合報》副刊主任，先後於輔大、清大、臺藝大、臺大等校兼任教職，現任教於臺灣師範大學國文學系。已出版詩集、散文集及學術論著二十餘種，現代詩集有英、日、韓譯本於國外發行。

1996 —— 咬舌詩

—— 向陽

這是一個怎麼樣的年代？怎麼樣的一個年代？
這是啥麼款的一個世界？一個啥麼款的世界？
黃昏在昏黃的陽光下無代誌罔掠目蝨相咬，
城市在星星還沒出現前已經目瞯花花，麭仔看做菜瓜，
平凡的我們不知欲變啥麼蛻，創啥麼碗粿？
孤孤單單。做牛就愛拖，啊，做人就愛磨。

拖拖拖，磨磨磨，
拖拖磨磨，有拖就有磨。
這是一個喧嘩而孤獨的年代，一人一家代，公媽隨人差的世界。
你有你的大小號，我有我的長短調，
有人愛歕 DoReMi，有人愛唱歌仔戲，

亦有人愛聽莫札特、杜布西，猶有彼個落落長的柴可夫斯基。
吃不盡漢堡牛排豬腳雞腿鴨賞、以及 SaSiMi，
喝不完可樂咖啡紅茶綠茶烏龍、還有嗨頭仔白蘭地威士忌，
唉，這樣一個喧嘩而孤獨的年代，
搞不清楚我的白天比你的黑夜光明還是你的黑夜比我的白天美麗？

拖拖拖，磨磨磨，
拖拖磨磨，有拖就有磨。
這是一個快樂與悲哀同在的年代，七月半鴨不知死活的世界。
你醉你的紙醉，我迷我的金迷，你搔你的騷擾，我搞我的高潮，
庄腳愛簽六合彩，都市就來博職業棒賽，
母仔揣牛郎公仔揣幼齒，縱貫路邊檳榔西施滿滿是。
我得意地飆，飆不完飆車飆舞飆股票，外加公共工程十八標，
你快樂地盜，盜不盡盜山盜林盜國土，還有各地垃圾隨便倒，
唉，這樣一個快樂與悲哀同在的年代，
分不出來我的快樂比你的悲哀悲哀還是你的悲哀比我的快樂快樂？

快快樂樂。做牛就愛拖，啊，做人就愛磨。
平凡的我們不知欲變啥麼蛇，創啥麼碗粿？
城市在星星還沒出現前已經目睭花花，匏仔看做菜瓜，
黃昏在昏黃的陽光下無代誌罔掠目蝨相咬，
這是啥麼款的一個世界？一個啥麼款的世界？
這是一個怎麼樣的年代？怎麼樣的一個年代？

註：本詩名曰「咬舌詩」，取其繞舌打結之意。國臺語並用，明體字為國語，楷體字為臺語。

作者簡介

——向陽（1955-），本名林淇瀁，臺灣南投人。美國愛荷華大學International Writing Program（國際寫作計畫）邀訪作家，政治大學新聞博士。曾任《自立晚報》副刊主編、《自立晚報》副社長兼總主筆。現任臺北教育大學臺灣文化研究所教授。曾獲國家文藝獎、美國愛荷華大學榮譽作家、玉山文學獎文學貢獻獎、臺灣文學獎新詩金典獎、教育部「推展本土語言傑出貢獻獎」、金曲獎傳藝類最佳作詞人獎等獎項。著有詩集《亂》、《向陽詩選》、《向陽臺語詩選》、《十行集》、《四季》等。

夜讀曹操

余光中

夜讀曹操，竟起了烈士的幻覺
震盪腔膛的節奏忐忑
依然是暮年這片壯心
依然是滿峽風浪
前仆後繼，輪番搖撼這孤島
依然是長堤的堅決，一臂
把燈塔的無畏，一拳
伸向那一片恫嚇，恫黑
寒流之夜，風聲轉緊
她憐我深更危坐的側影
問我要喝點什麼，要酒呢要茶
我想要茶，這滿肚鬱積

正須要一壺熱茶來消化
又想要酒，這滿懷憂傷
豈能缺一杯烈酒來澆淋
苦茶令人清醒，當此長夜
老酒令人沉酣，對此亂局
但我怎能飲酒又飲茶
又要醉中之樂，又要醒中之機
正沉吟不決，她一笑說
「那就，讓你讀你的詩去吧」
也不顧海闊，樓高
竟留我一人夜讀曹操
獨飲這非茶非酒，亦茶亦酒
獨飲混茫之漢魏
獨飲這至醒之中之至醉

作者簡介

——余光中（1928-2017），一生從事詩、散文、評論、翻譯，自稱為寫作的四度空間，詩風與文風的多變、多產、多樣，盱衡同輩晚輩，幾乎少有匹敵者。從舊世紀到新世紀，對現代文學影響既深且遠，遍及兩岸三地的華人世界。曾在美國教書四年，並在臺、港各大學擔任外文系或中文系教授暨文學院院長，曾獲香港中文大學、澳門大學、臺灣中山大學及政治大學之榮譽博士。先後榮獲「南京十大文化名人之首」、全球華文文學星雲獎之貢獻獎、第三十四屆行政院文化獎等。

著有詩集《白玉苦瓜》、《藕神》、《太陽點名》等；散文集《逍遙遊》、《聽聽那冷雨》、《青銅一夢》、《粉絲與知音》等；評論集《藍墨水的下游》、《舉杯向天笑》、《從杜甫到達利》等；翻譯《理想丈夫》、《溫夫人的扇子》、《不要緊的女人》、《老人和大海》、《不可兒戲》、《梵谷傳》、《濟慈名著譯述》、《英美現代詩選》等，主編《中華現代文學大系》（一）、（二）、《秋之頌》等，合計七十種以上。

1996

一枚西班牙硬幣的自助旅行

李進文

她舞蹈，她輕易迴旋南下以哀怨的弗朗明科方式
姿勢是草原……窗外有風說話的樣子像皮鞭
聲音是橄欖色，清脆如爆裂命運的花生殼
喔一枚西班牙錢幣小於蘭陽平原，血中的密度大於歷史
起初正正經經頓著，跺著：左腳、右腳；軍隊、天主教
百褶花裙撒落漫天頑抗的種籽，長在金屬的臉上
直到醞釀多時的夜終於成熟，掌聲氾濫在這個島
或伊比利半島，恰巧厭倦了潮溼而幽禁的內臟。她舞蹈
她一轉身即翻落我的書桌，姿勢以中文校正
落地，就是異鄉

一枚忘記選舉和匯率的西班牙錢幣買賣遠行。又突然記起

曾經吉普賽和猶太人暗夜釀造的水果酒，其味如悲歌
安達魯西亞和此地的意識形態一樣嗜酒，酒瓶子
搖晃如島，一座島高舉的政權彷彿馬德里郊外亮麗的
沉默的，多麼沉默的十字架，曾經
一座島被森林，雲和鳥簡簡單單地占領
直到敲薄的空氣冷凍蜜蜂的音節
落地瞬間，一枚錢幣被哭聲追著誕生
遠處阿蘭布拉宮養著的那口鐘
在饒舌的夜裡，痛飲金門高粱

如此多情。那種舞步到五月仍念念不忘，塞萬提斯的
咖啡店，吉他，濃濃的橘子香自瓜達拉哈拉山腳下直接
探入我的窗口，撞上餐桌前一罐臺灣啤酒
氣泡是紅的白的黑的嘴唇，像摩爾人和此際杯中的丑角
它們圍住一座升起的島嶼，討論政治和裸體。或關於
西班牙內戰，或亞熱帶下酒的經濟

曾經泥土中被冬天埋藏多少迷路的硫磺和語字
所以這次遠行，不是逃離命運，是從城市到另一個城市
像錢幣走的小徑，只專心傾聽落葉窸窣
走向某個黃昏某個早晨

旅行者是自己的獨裁者
她開始逛街；蒐集眼睛，肚臍，卵形的語言
雙腳一鎚一鎚打造光，把流浪買回來，把胎記買回來
再找還你一座島四周不安的海洋。而一枚西班牙錢幣
她那些脆薄的花紋如網，寂靜地躺在長長的海岸線
我鯨魚般的島啊，被浪綑綁，拷問。拳頭如淚滴
一張臉打造一段夢境，當一枚西班牙錢幣掉落
堅實，飽滿的回音；慵懶而自足
她在棕櫚樹下迴旋起舞，踢踢踏踏
記不起腰際佩的是十字劍或番刀

作者簡介

——李進文（1965-），臺灣高雄人，現任臺灣商務印書館總編輯，曾擔任媒體記者、創世紀詩社主編、明日工作室副總經理、聯合文學出版社總編輯。著有詩集《一枚西班牙錢幣的自助旅行》、《不可能；可能》、《長得像夏卡爾的光》、《除了野薑花，沒人在家》、《靜到突然》、《雨天脫隊的點點滴滴》；散文集《微意思》、《如果MSN是詩，E-mail是散文》；圖文詩集《油菜花寫信》、動畫童詩繪本《騎鵝歷險記》及《字然課》、美術詩集《詩與藝的邂逅》；編有《Dear Epoch——創世紀詩選一九九四—二〇〇四》等。曾獲時報文學獎、聯合報文學獎、中央日報文學獎、臺北文學獎、臺灣文學獎、吳濁流文學獎，以及林榮三文學獎新詩首獎，二〇〇六年度詩人獎、文化部數位金鼎獎、入選《臺灣文學三十年菁英選：新詩三十家》（九歌版）等。

我也會說我的語言

鴻鴻

我也會說我的語言
並任它引導我穿入這個世界
認識飢餓
和媽媽，寒冷
和襪子，以及唇
和吻的關聯。語言為我指出
小阿姨走過的味道，叫做
香，蚊子侵襲過的感覺
既痛又癢，而每天一早走進學校的茫然
是忍耐和成長。我的語言
親密而甜。像地下室隱藏的
一把不存在的小提琴，紀念冊裡

一張因放大而模糊的相片
每個哭醒過來的夜晚，一彎舊時明月那般
明淨美好的
我的語言。

我也會說我的語言
用它來抵禦或歌唱
僭越我生存的職權。
它提醒我繞過
積水的紅磚道，替我遮蔽眼前
工程的淩亂喧鬧。用它
我在凹凸不平的路面暢行無阻
用它塗鴉，在新漆好的牆上，
報紙空白的地方。用它誘惑昨天認識的女孩
在狹小的車內艱難地做愛。
時而激昂時而溫順，時而沉默卻顯得咄咄逼人

我的語言，它攙扶我，好讓我拖著衰弱的病軀
指引別人。
在日益淺濁卻永不枯竭的河道間
學習如何搭橋如何離開，學會
儘量不和它獨處，以免陷入尷尬，像一對
嫻熟於並肩出擊的盜賊或警員，我們
偶爾意見不合，或遲疑不決，比如
一陣飄過街頭的煙
該讚賞該斥責？或只是
背轉身去，吐出另一陣煙

我也會說我的語言
但是你說得更好。
在電視上在廣場上，在洶湧激盪的海峽
此岸彼岸，數不清的人共同說著
啊，令人暈眩，這熟悉的語言。

通過四通八達的電腦網路，水晶球
映射出來的原形，沒有觸感沒有溫度
沒有形體只有形象——一個
歡迎的手勢，一個微笑。
走過銀行、政府和便利商店，幽暗的
玻璃窗前，我看見自己也正
微笑著。很好。然而我累了
我坐在路邊，解開鞋帶
脫下一隻鞋，然後，脫下了襪子
趾間的汗接觸空氣，擦撞出一絲臭味
這微微發脹的腳掌，踩上了
粗礪的柏油瀝青，越來越強的熱度
像是從地底深處湧出：重新
我相逢初識一般的語言。路燈光下
揚起了小提琴聲。就用
這隻赤裸的腳

我伸出路面，等待攔截
那轉彎衝過來的砂石車

作者簡介

——鴻鴻（1964-），本名閻鴻亞，生於臺南，活躍於文學創作、劇場，以及電影領域。畢業於國立藝術學院（現今的臺北藝術大學）戲劇系。曾獲時報文學獎新詩首獎、聯合報文學獎新詩第一名、吳三連文藝獎等。出版新詩、小說、散文、劇本、劇評、報導等多種作品。著有詩集《暴民之歌》、《仁愛路犁田》、《土製炸彈》等，散文集《阿瓜日記——八〇年代文青紀事》、《過氣兒童樂園》，劇評集有《新世紀臺灣劇場》等，並主編《衛生紙+》詩刊（二〇〇八－一六）。二〇〇四年起擔任臺北詩歌節策展人。

1997

與我無關的東西

鴻鴻

如果我認識一個盛水果的缽它會是一個我所喜愛的缽
我喜愛它的透明將水果變形
我喜愛它擺在我的桌上儘管這是一張書桌
我喜愛它盛著各種顏色的水果有些新鮮有些擺得太久
而不管吃不吃
水果組合的形狀美妙或突兀
缽都無知地承受著
我喜愛它的無知

如果我認識一支錶我會喜愛這支錶
我喜愛長條形的錶帶被圓形的錶面所打斷
我喜愛它軟趴趴貼在桌面上難以想像它箍緊手腕的神氣模樣

我喜愛它釘死的三根針各有各的速度原地轉圈
儘管我完全不瞭解後面那些機械是怎麼咬合
它也不瞭解我的生活怎麼被它全盤切割
錶仍無知地運轉著
我喜愛它的無知

如果我認識一本字典我會不眠不休地喜愛它
喜愛它一絲不苟的排列順序並把每一頁塞得又滿又緊
喜愛它叫得出一切有形無形事物的名稱
喜愛它闔起時波浪般的封皮和脫線的書脊
喜愛它擁有無數鑰匙卻不需要鎖孔也不必去開門
更不用搭理門後面是什麼東西
我喜愛閱讀每個陌生字眼的大量歧義從而忘卻自己的複雜
我喜愛它的無知

作者簡介

——鴻鴻（1964-），詳見本書頁一一一。

京都遇雨

陳克華

1997

四月滿城鬼在行走。
潦倒，蕭索，而且急躁
而且淚下如雨——也終於成雨
在夢被驚醒的一個薄薄清晨——
雨潮溼了棉被裡一條曲折向廟門的路徑
肘髆撐不住的一場淺睡

在僧道貧窮朱門亦貧窮的雨裡
花卻繁華至極地
盛開成傘——此刻合該
是鐘聲撞破頭顱
眾人抱頭疾走，的　疾雨片刻

鐘逃亡向鐘聲息止的國界
淋溼的新鬼匆忙路過廟前
如碑小立——
死亡是碑上的俳句：
凡淋著淚，淋著刀子，銅釘與火油的
煩惱必得因此滋長

來。跟隨我來
跟隨著雨回歸大海
無明之無盡汪洋，來吧——
想像雨點無聲落在黑暗的水面
和平，靜謐
如鬼夜哭
驚不破初春清晨的一場淺睡……

作者簡介

——陳克華（1961-），詳見本書頁八六。

舊照

陳義芝

1997

父親時常打電話和我
討論土葬火葬的事。十年前
指定我描繪一處向陽高地
兒孫假日郊遊的路線圖

母親四十幾歲開始失眠
暴怒而哀傷。直到她
在念珠撥弄中找回失去的夜
——也是父親的，也是子女的

大陸上的前妻，父親說，叫她
三娘吧。半世紀前她把先生送給戰爭

把女兒送給苦旱飢荒
把自己送進活寡的黑盒子裡

不像姨媽一來臺就住南部眷村
一條腿因發黑而鋸掉
老夢見一長列火車
嗚嗚嗚駛進村子裡

老年的舅舅痴呆了
三年前死於養老院。醫生說
他對自己一生未娶
已無記憶，無絲毫遺憾

而後哥哥娶了一位客家女孩
他相信勤儉是愛情的最高點
姊姊嫁給一位本省商人

成衣店裡丈量青春的色澤花樣

表哥得了高空憂鬱症
他原是一位出色的空軍飛行員
妹妹在醫院打胎
她剛和變態的妹夫離了婚

戀愛值得戀愛的女孩
有人每晚凝視倚南的那顆星
蓬鬆著頭像秋天
一棵乾黃的樹

我和我的家人沒有什麼兩樣
卻以不斷重複的夢境
學習寫詩，翻拍
他們的舊照

作者簡介

——陳義芝（1953-），詳見本書頁九五。

1998

我的詩和父親的痰

唐捐

我的詩和父親的痰　濃稠　冷澀　無藥可救
很容易傳染　顯然　是同一種病的兩種症狀
在許多許多星月故障的夜晚　我在臺北　父親在臺南
他伸出沾滿筍味的指掌　在牌桌上堆砌墳塚般的白泥紅磚
一張張筍干製成的大鈔　在灼熱的眼眶裡燃燒
一根根冥紙捲成的香菸　在鐵灰色的氣管支氣管中
衍生烏雲一樣的咳嗽與濃痰　而我　兩百公里外的我
左手端起咖啡　（裡面泡著女友的臉龐）　右手套弄著一支亢奮的筆桿
逼牠傾吐　關於薔薇關於銀河系關於如何測量水溝的詩句
它們會在某一天的副刊裡萌發　撲翅飛到每一座城鄉　也許
就降落在父親的手上　但他的眼睛急於吸吮一支支靈籤
不會知道兒子的心事印在紙的背面

他用報紙接住口裡爆出的雷電　一口痰便在我的詩裡　渲染　擴散

我的詩和父親的痰　都發源於曾文溪上游的莎米奇山
山上的竹叢與筍灶　在許多許多鬼火流蕩的夜晚
我們一同躺在竹林竹寮的竹床上　啜飲破爛的啦嘰窩流出的
充滿腐味的歌謠　雨夜花　鑼聲若響　目眶紅紅的補破網
中間每每穿插著山澗飛擲　狂風摑樹　獼猴與野豬的叫喊
脆弱的煤油燈如同觸網的烏賊　在漆黑的海浪間　徒勞地掙扎
四肢五官逐一融解　如鹽　只有筋骨間明快的疼痛　耿耿不滅
記錄著今天的勞動昨天的雨量明天的缺憾
在夜色的掩護下　幼筍硬著頭皮頂開黑土　一節一節刺向月娘
老竹也厚著臉皮擲下枯葉　敷補根部的鼠嚙與刀痕　我和父親
都沒有睡著　痰在他的肺葉上坐大　詩在我心湖裡鼓盪
就像烏煙與黃光　色味不同　卻都來自同一盞油燈灼熱的胸膛

我的詩和父親的痰　都算是我們後大埔的名產

心像黑皮紅肉的番薯　種在同一座屋簷下　藤蔓緊緊相糾纏
我曾經逃到兩百公里外　用力地拉扯　誰知它們　竟比電話線還頑強
怎麼扯也扯不斷　濃稠的澱粉仍在兩端頻繁地交流　挾帶著積蓄多年的
風雨和陽光　喔　不是澱粉　在我是詩　在他身上卻是痰
在許多許多風雷交媾的夜晚　我夢見一群蛞蝓愉快地啃食肺葉　同時
分泌大量淫淫的黏液　湧向腦海　再從鼻孔喉嚨肛門尿道　生出更多的蛞蝓
牠們爬過我家的門窗　爬向廟埕　街坊　爬入鬧熱的屠宰場
路人的目光如硫酸　他們說父親這個人　不識字兼沒衛生
唯一的貢獻是證明　潔白的雨水出自烏黑的雲　一流的病人生了三流的詩人
也算歹竹出好筍　唉　好筍還是壞筍　論者說我的作品
常以人間棄嬰的乩童形象　藉鬼神的目光觀賞人間種種愚騃的
慾情與爭亂　其中不乏血腥妖孽腐敗死亡的聯想

一口痰在我的詩裡　渲染　擴散　而我　兩百公里外的我
更用力地摟著女友　用湯匙　把咖啡攪成黑色的唱盤
繼續傾吐　關於狐狸關於淪陷區關於力和反作用力的詩句

是的　我要用詩與情慾　對抗父親的咳嗽與悲劇
直到有一天　他的身體融為一口痰　被青面獠牙的家門吐出
滲進深深的泥裡　爬上高高的電線桿　如精靈
從電話筒的這一端流洩出來　灌入充血的筆桿　在紅燒鐵板上刻出神祕的符咒
我才知道　原來　詩　來自於痰
他說過的話語將永遠捏弄我的舌頭　像風提拔著火　火雕塑著木頭
他吐出的痰　痰裡的愛恨悲歡　呸　早已悄悄融入我的腦漿
當一口痰在詩裡流淌　渲染　擴散　就像枯竹彎腰舔舐著新筍
扎實的醜陋餵養虛無的美感　我的詩和父親的痰

作者簡介

——唐捐（1968-），本名劉正忠，嘉義人。臺大文學博士，曾任《藍星詩學》主編，《臺灣詩學學刊》主編，清大中文系副教授，目前任教於臺大中文系。著有詩集《網友唐損印象記》、《金臂勾》、《無血的大戮》等六種，詩選《誰かが家から吐きすてられた》（及川茜譯），散文集《世界病時我亦病》等兩種，論述《現代漢詩的魔怪書寫》等。曾獲五四獎、一九九八年度詩獎、梁實秋文學獎、時報文學獎、聯合報文學獎、中央日報文學獎、臺北市文學獎等。

夢中婚禮

1999

羅智成

也許儀式終將失傳
也許，童話已被廉價兌換
甚至也許，永恆既遠又不永恆
但是吾愛，這一點也不會
遲疑我對妳的承諾：

妳將擁有
一個廣布森林，湖泊與積木的地球
群鹿出沒，廢墟間盛開月光、水仙
一座城市，以美麗的街景裱裝浪漫的傳說
一座島嶼，以荒廢的港口和燈塔
守候童年的冒險

妳將擁有兩座花園：
遍植雛菊、鳶尾、雀鳥聲帶
可以從街角窺看的，在後院
隨著心情與想像力長年怒放、
可以從眼角窺看的，在心底

也許這件最平凡又可預期
但妳將擁有我全部的愛情
和它的孳息
是的吾愛
妳也會擁有我膾炙人口的詩作
和它的版權
還有它所依據的
美好人格與美好思想

只要妳願意加冕我以
更美滿的稱謂
我將以眸中莊嚴的樂音
引領妳
登上婚姻制度最後一座城樓
向妳展現幸福的想像力
可以孕育出來的文明盛境

只要妳願意加冕我以
更親密的爵銜——
我們就可以
更放肆地夢想並偶爾把它
實現

是的吾愛我將讓我的甜言蜜語實現
打掃地球、制禮作樂、曬衣洗碗

設計沿街小店的市招
和道旁流泉、林蔭與花草
擦拭拘謹的鐘聲，和鐘聲據以傳遞的清晨

我們將以甜美的情節重修族譜
為後世子孫屯積燈前故事
以略帶慵懶的寬容在孩童的基因裡
預藏良善與慷慨
——如果可能
我還希望屆時他們會贊助
我們暮年的旅行

我們將被高密度的祝福
簇擁著穿行過
生命中最豐盈易感的時刻
並回贈這或好或壞的年代

又一個幸福的典故與快樂的言談
吾愛
只要妳以吻為記
這正是我們的夢中婚禮
只要妳以吻為記
它就會啟動
就會在我們的呼吸間
延續

作者簡介

——羅智成（1955-），詳見本書頁七二。

我將再起

焦桐

材料

中國奉化縣溯溪而上的小魚，薑絲，岳陽龜蛇酒，加拿大阿塔巴斯卡冰河（the Athabasca Glacier）水，臺灣醬油膏。

作法

1. 煮魚湯可轉喻為從事救苦救難的革命事業，需準確掌握時空關係，適時崛起，趁機挺進，能忍人之所不能忍，亦決人之所不能決。
2. 虔信愨敬，將魚的血腥洗刷乾淨，誦讀《荒漠甘泉》。
3. 阿塔巴斯卡冰河水丟入薑絲，沸騰時，小魚光身泳進水中，如沐春暉德戢。
4. 魚煮熟時，灑入鹽，滴入幾滴岳陽龜蛇酒。

5.撈起小魚，撥亂反正地，置於盤中，沾臺灣醬油膏食用。

說明

臺灣醬油膏五味雜陳，那滋味，以復興民族文化、光復大陸國土為己任，甘甜中帶著輕度的鹹澀，和清晰的酸楚感，最適合蘸奉化縣的小魚。注意那魚肉須以過客的瀟灑姿態，一蘸即起，否則會產生黏滯感。

哥倫比亞冰原有六條主要冰河，阿塔巴斯卡冰河並非最大最長的一條，如鄰近的沙士卡奇王冰河（the Saskatchewan Glacier）的尺寸就兩倍於它。但阿塔巴斯卡冰河的形狀最屌，從空中鳥瞰，它完全像一根雄壯威武的陽具。

截至一九九〇年春天的測量，阿塔巴斯卡冰河長六公里，平均寬度一公里，冰層厚度三百公尺——相當於艾菲爾鐵塔的高度，表面的流動速度大約是每年廿五公尺。然則由於溫室效應，它躡足潛行的速度，卻跟不上融化的速度。

以阿塔巴斯卡冰河水煮奉化縣的小魚，除了可以充分領略魚水之歡，也因為阿塔巴斯卡悄悄伸長的冰河，和奉化縣溯溪而上的小魚一樣，有著堅忍不拔的意志——

我害怕來不及進入你了，
每一天都性急，
每一天都比性急
更性急地衰老，退縮……
三百萬年前的期待
野心般暗中膨脹伸長了——
悄悄向你移動，
表面上堅挺無比，

在裡面在深處，
軟膠般，洶湧著渴望，
渴望撫觸你溫柔的草原，
進入你進入你呼叫的湖泊。

作者簡介

——焦桐（1956-），「二魚文化」出版公司、《飲食》雜誌創辦人，生於高雄市，曾習戲劇，編、導過舞臺劇於臺北公演，已出版著作包括詩集《焦桐詩集：一九八〇－一九九三》、《完全壯陽食譜》、《青春標本》，散文《在世界的邊緣》、《我的房事》、《暴食江湖》、《滇味到龍岡》、《味道福爾摩莎》、《蔬果歲時記》、《味道臺北舊城區》，及童話、論述等等三十餘種，編有年度飲食文選、年度詩選、年度小說選、年度散文選及各種主題文選五十餘種。長期擔任文學傳播工作，現為中央大學中文系教授。

2000

畫一張路線圖

蘇紹連

闊別數十年，忽然接到你的來信
信中說你將路過臺灣中部，順道訪我
因我住得偏僻，不太好找
要我畫一張路線圖給你
我把你的信摺疊好，放回信封，就開始思考
你是誰，你的往事，你的目的……
說實在的，我不了解你
早把你忘記，如同我家門前的小溪
被鋪設成下水道後，已經消失
從前玩水釣魚的情形不再出現
我每次出門，腳步都會停止數秒
在隱形的溪岸上，看溪水蜿蜒

從土地裡面流向臺灣海峽
可是，現在這條溪流不能畫出來
你根本不可能找到
要是你模樣改變，不是往日清瘦少年
我也可能認不出是你
就像從市鎮中心繞出來的一條路
忽然變得寬大筆直
和每位體型發福的中年仕紳一樣
行道樹梳得油光，抹上髮蠟

路旁的房子畫不進路線圖裡
因為工廠住家，商店住家不分
你也許會以為我住在工業區，天空是鐵灰色
或以為我住在商業區，聲色鼎沸繽紛
的確會使你訝異
我如何能習慣的住下來

說實在的，冥冥之中注定如此
我承受了，就這樣過一輩子
居住一個小小的空間
擺在臺灣中部
在它消失之前
請你趕快來訪
而畫路線圖讓我想起了童年
你我曾玩過的捲紙走迷宮
走錯路線，會遇到許許多多不祥之物
讓你我又驚又叫，回頭重走
但多年以後，你我已個別走到不同的路線了
你可能一路平安，順順暢暢
而我路途坎坷，仍在臺灣中部踽踽獨行
你真的會來訪我嗎？
也許給你畫一張路線圖
就像在畫我一生走過的路

交錯，彎繞，夾註一些街道名稱
這麼小小的一張我生存的環境
呈現在你眼前
我站在路線圖中，看見自己的田園
　　　　　　　　看見自己的故鄉
而你只是路過，進來
終將離去

作者簡介

——蘇紹連（1949-），一九六五年開始寫詩，參與創立「後浪詩社」、「龍族詩社」、「臺灣詩學季刊社」等三個詩社。其思維嚴謹，作品豐沛，全心致力於散文詩、超文本詩、無意象詩的創作，並於二〇〇五年起醉心於攝影，思索詩與攝影的關係。著有《驚心散文詩》、《隱形或者變形》、《童話遊行》、《少年詩人夢》、《時間的零件》、《鏡頭回眸——詩與影像的思維》、《無意象之城》等十多種著作。曾獲中國時報文學獎詩獎、聯合報文學獎詩獎、年度詩選詩人獎等獎項，是臺灣代表性的詩人之一。曾任《吹鼓吹詩論壇》主編，策劃眾多詩創作重要的議題專輯。蘇紹連的創作求新求變，開拓不同的領域，長期居於前鋒尖端而努力不懈。

致好兄弟

鯨向海

2001

吃完晚餐，到墳墓去散步
突然想起，很久沒給你走路的模樣寫詩評
兄弟，鬼月到了你又剛好是鬼
我想問問
今年該燒什麼給你？
嬰靈金，夫妻恩愛金，六畜興旺金
你在那裡會缺一支手機嗎？
但請不要打電話給我
鬼月到了你又剛好是鬼
荒野的山溝裡，妖怪們會喜歡你陰風慘慘的鼻音
你要我燒一輛野狼 125 給你嗎？
還是要幾款勞斯萊斯和 Benz？

你的靈魂浪漫又努力，即使已經死了
還是繼續在北宜公路攔車打屁
你要我燒一支麥克風給你嗎？
或者燒掉整座ＫＴＶ包廂？
我想起是鬼月了你又剛好是鬼
聽鬼唱歌就是城市自行移動
恐龍和異形手牽手走出電影院
最好的詩都在電腦當機時全部銷毀
你要我燒一份西門町給你嗎？
順便燒個一萬人的握手會？
鬼月到了你又剛好是鬼
我想像你捧著自己流血的頭，腳趾離地三公尺
忙碌簽名的模樣
感動地流下了青綠色的眼淚
鬼月到了你又剛好是鬼
今年該燒什麼給你？

原諒我沒有屈原深情的喉音
幾千年後隔江繼續呼喊水流雲散的幽魂
夏宇神祕的腹語術已經穿牆而過
這時代有再也不能舉行的降靈會
我不過是一名寫詩者，八字極輕
節奏注定苦澀，一路走來韻腳酸痛不已
好兄弟啊，請保佑我寫完詩
百毒不侵，全身而退
鬼月到了你又剛好是鬼
我想問問
今年該燒什麼給你？

不堪的惡夢中，原諒我
始終無法跟你一起
下地獄

作者簡介

——鯨向海（1976-），精神科醫師。著有詩集《通緝犯》、《精神病院》、《大雄》、《犄角》、《A夢》、《每天都在膨脹》，散文集《沿海岸線徵友》、《銀河系焊接工人》等。

2001

記載

楊佳嫻

你們堅守謬思嚴謹的律法
無悔地面對終點。
——葉慈寫給詹森．萊諾的〈The Grey Rock〉

當暴雨季開拔了八百哩
我們乞求唯一之身形
比如以黃金鑄造額頭，以銅冶煉眼神
荷載時刻能夠無限承受的一副肩膀
誰也不能冒充這美好的名姓
天秤兩端，我們是
等重的鐵與棉花

那高置在雲端的
何止是千百次輪迴
不斷互換的靈魂尺碼？
附身於花朵，附身於水
一陣雲霧來了，車聲過處
徒留不知道該往哪裡避雨的兩雙足印

跟隨著你的當然是我
愛的符鎮，文字的咒降
散盡魂魄仍然不足以替你壓住
滿屋子裡振翅欲飛的
你睡前的詩意。
當然，你就是我
在同一條河道裡擁擠前行
變化為泥，或修煉成魚
唯有我才記得住

每一次沉下和躍出的速度

我們儼然是大戰後僅存的
兩名垂老的祭司
遵循著同一個神祇的法律
冬天的時候被風雪書寫
夏天來了，就躲到彼此的腦子裡
臨摹幻想中的極地
企鵝咳嗽著，一萬隻海獅用長牙寫信
卻沒有人能翻譯我們神祕的言語

作者簡介

——楊佳嫻（1978-），臺大中文所博士，清大中文系助理教授。著有詩集《屏息的文明》、《你的聲音充滿時間》、《少女維特》、《金烏》，散文集《海風野火花》、《雲和》、《瑪德蓮》、《小火山群》，編有《臺灣成長小說選》、《九歌一〇五年散文選》，合編有《青春無敵早點詩：中學生新詩選》、《靈魂的領地：國民散文讀本》、《港澳臺八十後詩人選集》。

我年輕的戀人

陳義芝

像一個流亡的車臣戰士
我回返莫斯科
尋找我年輕的戀人

險些遺忘的
我年輕的戀人
和我的夢，多年來
任戰鬥摧毀的
記憶不能摧毀
我看到依舊年輕的她
像一個流亡的車臣戰士

險些遺忘瞬間又想起
只要夢在年輕的戀人就在
哪怕是最後一眼
在紛亂的人群錯車的月臺

作者簡介

——陳義芝（1953-），詳見本書頁九五。

得一夢

許悔之

2001

得一夢
不吉
醒來後異常口渴
忐忑地把冰箱裡的西瓜
急啖而盡
昏沉沉又入睡

夢見牙齒
全部都蛀光
唔唔噥噥的說話
連自己也聽不清楚

我已經老去
你忘了
應當從遠方回來

作者簡介

——許悔之（1966-），詳見本書頁七九。

無人認領

2002

羅葉

薪水失蹤的那天他們才發現
認真勤奮等等座右銘
不會挺身捍衛誰的工作權
　而現在他們舉起旗幟標語牌
　猶如列隊送行
　為那遠走高飛的老闆

關廠停工的那天他們才發現
機器運轉的龐雜噪音
其實是那麼的悅耳動聽
　而現在他們額頭綁上白布條
　活似披麻帶孝

為那意外猝逝的退休金

呼口號抗議的時候他們才發現
乾旱木訥的喉嚨內
竟躲藏著滔滔滾滾的激情
　而此刻他們擠在攝影鏡頭裡
免費為電視機前的觀眾
表演一齣行動劇

丟雞蛋示威的瞬間他們才發現
童年時代的投手夢
竟預言著如此辛酸的曲線
　而此刻他們躺在眾目睽睽中
順便為哀鴻遍野的失業率
客串一具具屍體

官員與民代蒞臨致意
之後，他們才看清應有的權益
已像雞蛋爛碎了一地
媒體與群眾圍觀聲援
之後，他們才看清剩餘的自己
像那隻走累了的流浪狗
窩在路邊，無人認領

作者簡介

——羅葉（1965-2010），本名羅元輔，臺灣宜蘭人，早在建國中學擔任校刊《建中青年》編輯時期，開始大量閱讀現代詩。先後任職於《南方》、《民進報》、《新新聞》、《自立晚報》、《香港明報》等，並曾於華岡藝校、永和社大、宜蘭社大，作品散見於各報藝文版，曾獲全國學生文學獎、教育部文藝創作獎、聯合報文學獎新詩大獎、中央日報文學獎、中國時報新詩獎、林榮三文學獎新詩首獎等。

2004

女人河 Lrliun Beinox（註❶）

瓦歷斯・諾幹

1

縮圖五萬分之一，出海口
飄洋著黑水溝漳州客同款的
藍衫子。單桅船
從廈門海面上帶來困頓的男人
被炎陽曬乾的汗粒
摔落在我們的大安港
讓清澈的溪水
雜糅華路藍縷的鹽分。
順著時間的風吹，騷動
紛擾的港市逐漸凝固，逐漸

停頓，並且，頑強地
在地圖上釘成一枚
靛黑色的布扣——緊咬著
兩岸湧動的衣衫。看見
縮圖五萬分之一的出海口
我們出發，前往溪水與太陽
升起的地方

2

二萬五千分之一，瑟縮的
大安溪像一條時光的淚水。
右岸崩山八社族人
踩過的足跡，流淌著
莫非是我們熟習的汗鹽
奔動在草叢間，是朝露

或者是痛苦的淚水，
喔——不，是紅色的血水
讓大安溪沉澱得清可鑑人
繁複而紛亂的足跡
被風風雨雨擦拭殆盡
他們——到哪裡去了？
有人在百年後的荒墓，發現
隱匿可疑的母系姓氏，有人
隱藏巨如壘石的腳拇趾頭，有人
在百尺競賽腳步輕盈，宛如走標
（是誰人的魂魄隨伺在旁？）
只有崩山八社的火焰山依舊
維持午後雷陣雨的轟隆隆巨響
那是歡呼或是痛楚？傳遞的聲息
來到左岸的鐵砧山，火焰的光芒
照亮鄭成功那一把劍，劍尖

刺穿了寧靜在地層底下的溪水
沁涼的活水催動了疲兵困馬的步幅
一步，跨越殖民的慾望於焉復甦

3

縮圖一萬分之一，大安溪
暴怒的脾氣不安地甩出
開闊的河岸（是劍尖刺痛的嗎？）
似一尾暴躁的高山魚。
卓蘭臺地是一片拍散的鰭
遺落在泰雅人口傳的 Talan（註❷）之地
——獵人憩息的平臺。
你看到大安溪的腰身，繩索般
繫在不是獵人的客家墾戶
詹姓劉姓的肩頭或者手上

背負被閩族驅離苗栗平疇的恥辱
赤腳一登，來到了大克山
拜請四方神靈天降神兵
讓鏈鋸與刀斧一同歡恣
喜慶似暢飲山林的饗宴
你聽見了嗎？
——金屬的聲響劃破藏青的樟樹
刨開的肉身如失散的魚鱗
一片一片痛哭流涕的葉子
震慟了泰雅人安靜的氣息

4

縮圖五千分之一的白布帆
手觸著血管般的裂紋
竟微微感到顫動

沉睡的巨獸，等待
六十年擠出一口地氣
車籠埔大斷層紛亂而殷紅的線索
宛如一條難馴的潛龍遁入大安溪底
龍不在天，龍失去了自己的蹤影。
有如前清舊事那年
幫助長辮子官府捉拿
林爽文遺孽的 Mahon（註❸）頭目
赤腳、彎腰、脅下張掛
弧形優美的番刀，順著大安溪
遠赴北京城受賞，日後
成為捉拿自己族人的白麻鳳通事
悄悄地——撤換了
血管的色澤
心臟的強度
喉嚨的音節

啊——哈
大安溪在白布帆用力擠動喉頭
黑色的巨痰卡在兩山夾擊的關門之地
吐與不吐這歷史的塊壘
都讓人快或者不快的白布帆
昔日是，泰雅人的 Ma-au（註❹）（馬奧）
今日是，客家莊楊桃觀光果園

5

最適宜戰事這二千五百分之一縮圖
從新開通往象山登大克山
北勢八社（註❺）部落的炊煙裊裊
筆直升上宛如瞄準基線
東勢角越打鐵寮翻鞍馬山
東側部落聳起的瞭望臺

是太陽旗砲彈的地標
最後，讓我們來到番人的腹背
取道神話雪霸聖稜線直下馬達拉溪（註❻）
紅色的河域讓人想起母國的楓紅
我們要避過清朝林朝棟被埋伏的埋伏坪
我們要遠離 Beinox（註❼）大頭目祝福過的大安溪
悄悄地，在眼鏡形高地殖下帝國的子彈
默默地，在番人的土地種下使人腿軟的稻米
靜靜地，在殖民的舌頭安置天皇的詞彙

百年後，我看到戰場廢墟的眼鏡形高地
換殖中國大陸的戰爭地名——摩天嶺
百年後，我看到因死靈而肥沃的土地
換殖遠自帝國嫁接的水果——日本甜柿
只有大安溪隱忍地伏臥著，大地
教給河流書寫的姿勢，並記下了

殲滅日本陸軍部隊長命名的遠藤山
那山孤獨而恥辱地為一九一〇年守靈

6

縮圖千分之一，好近好近
請再靠近一點，你會看到
消失的文面蛻成現代且無害的臉
再近一點，等到空間與時間靜靜重疊
你以為象鼻山長長的鼻子伸向大安溪
喝水的卻是鑽進山腹的鯉魚潭鋼骨水道。
你以為帝國的大室槍枝擄獲一座山的族人
大安溪用時間溺斃建水庫的日本工程師。
你以為蹲伏大象背脊的八社部落仍舊舉起
白色的 Owaya（註❽），那是套著網袋的日本甜柿。
你以為歷史擱淺在攔水壩上，讓科技

重新打造一座後現代的地圖，那是
輸往鯉魚潭水庫的活水源頭。你以為
大安溪不再唱著自己的歌，以為溪谷
找不到回家的路，以為我們錯將
過去與未來推離心的口袋……
放心，我們還在努力地呼吸

7

快快收拾起
慾望的地圖、帝國的鼻息
溯著大安溪歌唱的腳步
將心房裝上快活的翅膀
越過殷紅的馬達拉溪
一千首神話的音符，奔動
如山羊，黑熊以強壯的脈搏

傳遞遠古的腳印，口傳的聲音
出草一樣偷襲文字叢林。
你所知道的熬酒桶山（註❾）微醺搖晃
只要呼吸一口泰雅的傳說
Babag Vagar（註❿）就要飛起來
從北坑山到火焰山——洪水掩來（註⓫）
從天狗社到四塊厝——星群四散（註⓬）
從泰雅族到外省人——種子撒開（註⓭）
從加里山到鐵砧山——受傷的太陽（註⓮）
像千萬條無所不在的波動
在我們的 Lrliun Beinox
在時間與空間的交疊
在過去與未來的天空——飛翔起來
山林飛翔：凝固的波浪
海河飛翔：湧動的森林
部落飛翔：繁華的星群

註❶：Lrliun Beinox，泰雅族語，稱今之大安溪，在大洪水神話中，Lrliun Beinox是「女人河」。

註❷：Talan，泰雅語，稱今日的卓蘭。原意為「從平地登上一階的平臺」。

註❸：泰雅族人名。

註❹：Ma-au，泰雅語，山胡椒。

註❺：羅列在大安溪岸兩側的泰雅族部落，清朝文獻稱「北勢八社」。

註❻：大安溪上游主流，該處岩石成赭紅色，溪水映出紅河狀，族人稱「Mdanax」，紅色之意。

註❼：北勢群頭目，相傳是帶領族人來到大安溪的頭目。

註❽：即族人出草獵首後，在部落廣場處矗立的白色旗幟，象徵祖靈庇佑與勇武之表現。

註❾：清朝文獻稱從平原遠望大霸尖山有如酒桶，故名之。

註❿：泰雅族語稱大霸尖山。

註⓫：泰雅族「洪水神話」。

註⓬：泰雅族「遷移傳說」。

註⓭：泰雅族「分離儀式」。

註⓮：泰雅族「射日神話」。

作者簡介

——瓦歷斯・諾幹（1961-），泰雅族北勢群人，生於臺中和平鄉雙崎部落。曾任教於花蓮縣富里國小、臺中縣梧南國小、臺中市自由國小，兼任靜宜大學、國立成功大學臺文所、國立中興大學中文系。一九八五年開始發表原住民族議題相關之散文與論述，一九九四年返回雙崎部落定居，著力書寫原住民族在近代臺灣歷史的記憶與傷痕。作品以詩、散文、小說為主，著有散文集《永遠的部落》、《番刀出鞘》、《想念族人》、《迷霧之旅：紀錄部落故事的泰雅田野書》；詩集《泰雅孩子・臺灣心》、《山是一座學校》、《伊能再踏查：記憶部落族群的泰雅詩篇》、《當世界留下二行詩》；短篇小說《城市殘酷》、《戰爭殘酷》、《瓦歷斯微小說》等，並出版有國語文專書《字字珠璣》、《字頭子》。

2004

關於故鄉的一些計算

零雨

要翻過幾個山頭
才能經過那個土地祠
要經過幾個土地祠
才能出現那條小溪
要種幾棵松樹柏樹
才能到達那片密林子
要生出幾個黃板牙的村人
才能看到那個村落

要拿幾塊溪邊的石頭
黏上土角
才能變成房子

是誰長大之後就是祖父
幾條狗能出去打獵
幾隻獸從深夜的山中
扛回來

幾隻雞構成一個
小有規模的黎明
幾隻鴨跟著竹籃子
去浣衣

是誰在鐘敲三下時
成為女人，點起油燈

浸豆子
做豆腐
洗蒸籠
做年糕

是誰用竹枝子
撐開窗戶
把山坡上的百合花
迎進屋來
（到底幾枝百合花）

到底要翻過幾個山頭
追到霧，追到秋天的柚子
冬天的橘子
追到那個精算師

問他到底怎樣
才算是故鄉

作者簡介

——零雨（1952-），詳見本書頁五九。

2005

阿拉法特

鹿苹

我們不在逆流的鐘面上散布未來
但洪荒裡總有離家的河水在歸鄉
夜在夜裡山在山上
戰後烽火總是蒸發在哭啼的風裡
黃塵無知覺地跟隨撒旦遠行
以色列睡著在密碼裡
廢墟被戴上頭巾
游擊和燭火正在彌留裡旋轉
走的走了留的留了
國界歸國界
夜還在夜裡山還在山上

作者簡介

——鹿苹（1970-），臺北人。加拿大魁北克 Laval 大學平面及多媒體研究所碩士。著有詩集《流浪築牆》，小說《左手之地》。

2006

如果說死就能輕易地死

陳允元

如果說死就能輕易地死，那麼
我無可救藥的猶豫、以及宿命性的後悔
就什麼都不是了。當我起床，在電腦前
猶豫著要不要出門，猶豫著，出門
要吃早餐還是乾脆再摸一下直接吃午餐
我想起同學，高高的、眼睛大大的那個女生
——後來我們就都飢腸轆轆在教室裡當乖孩子了
我寫紙條說餓，她說但她不甜
兩個人都無奈地笑了。我們繼續傳紙條
她說她想死。老師似乎也很想死
因為我們都沒在聽（老師吃早餐了嗎）大家都想死
但沒有人死得了。如果

如果說想死就能輕易地死了，那麼人生
就什麼都不是了

作者簡介

——陳允元（1981-），國立臺灣大學臺灣文學所碩士，國立政治大學臺灣文學所博士。現為國立臺灣師範大學臺灣語文學系兼任助理教授、目宿媒體文學顧問。學術關鍵字為殖民地時期臺灣文學與現代主義。曾獲林榮三文學獎散文首獎等。著有詩集《孔雀獸》合著《百年降生：臺灣文學故事》。與黃亞歷合編《日曜日式散步者：風車詩社及其時代》（二〇一六），獲臺北書展年度編輯大獎、金鼎獎。

他度日她的如年

葉覓覓

他聞起來就像一瓶沙士
她畫餅他的充飢他度日她的如年
他是寂寞的複數
她的門閂是酸
富庶的相反是他
（他們會不會幫她蓋一座九層塔？）
她頭髮他的胸膛他晴朗她的情郎
有一天大家都會變做土壤
他海過一艘船
她山過一個夜晚
星期三喜歡下雨
他們被雨織成神仙魚

眼睛被拆成謎語
然而他躲在她的鐵皮裡
靠著時間的椅背
慢慢發明一種敲打

他越是太陽她越是月亮

作者簡介

——葉覓覓（1980-），東華大學創作與英語文學研究所、芝加哥藝術學院電影創作藝術碩士。以詩錄影，以影入詩。夢見的總是比看見的還多。擅於拼貼別人的無關成為自己的有關。標準廢墟控。作品曾獲聯合文學小說新人獎、國語日報兒童文學牧笛獎、德國斑馬影像詩影展最佳寬容影片等。育有詩集三本，《漆黑》、《越車越遠》與《順順逆逆》。英譯詩選《他度日她的如年》（*His Days Go by the Way Her Years*），入圍二〇一四美國最佳翻譯書獎詩集類；荷譯詩選《我不知道你不知道我不知道》，正在誕生中。

2006

一首邀請女友來美國的天真歌謠

楊小濱

親愛的，這裡是天堂。也就是說
我正在用蛋清洗泡泡浴。
如果你在邊上，千萬別往裡倒醬油。
你只須用筷子把我輕輕夾起
放在嘴裡，這就足夠了。

親愛的，這真是天堂。這裡的空氣
乾淨得像鏡子：它可以
讓你撞碎，讓你流血。
你的傷口甜蜜起來，好像我噴了
香水的地球，哪怕是球體的另一端。

親愛的，這裡是天堂。當然
天堂話你學得還太爛。
你也會哈嘍，你也會好啊有，
捲舌音只嘬出老北京雞肉卷，
不管必勝客的義大利語是否比我歌劇腔。

親愛的，這裡是你的天堂。
那就披著第五大道和我一起蹦迪吧。
蛇裹在 Esprit 中變成天使的腰，
精神給我穿走，身體撲拉拉地飛在
布拉格廣場的琳琅天空上。

親愛的，快來這天堂。讓我們
變成尼亞加拉瀑布裡歡跳的香辣蟹吧。
躺在沙拉的沙灘上，就會想起我們陽臺外
沒有 SARS 的邁阿密日光。就這樣

天堂比人間只遠一點，只差幾個月。

作者簡介

——楊小濱（1963-），生於上海，耶魯大學哲學博士，曾任教於美國密西西比大學，現任中央研究院中國文哲研究所研究員、國立政治大學臺灣文學研究所教授。曾任《現代詩》、《現在詩》特約主編。著有詩集《穿越陽光地帶》（獲現代詩社「第一本詩集獎」）、《景色與情節》、《為女太陽乾杯》、《楊小濱詩Ｘ3》（《女世界》、《多談點主義》、《指南錄．自修課》）、《到海巢去》、《洗澡課》，觀念藝術與抽象詩集《蹤跡與塗抹：後攝影主義》等，專書《否定的美學：法蘭克福學派的文藝理論和文化批評》、《歷史與修辭》、*The Chinese Postmodern: Trauma and Irony in Chinese Avant-Garde Fiction*（《中國後現代：先鋒小說中的精神創傷與反諷》）、《語言的放逐：楊小濱詩學短論與對話》、《迷宮．雜耍．亂彈：楊小濱文學短論與文化隨筆》、《感性的形式：閱讀十二位西方理論大師》、《欲望與絕爽：拉岡視野下的當代華語文學與文化》等。

2007

如果降下大雨

林達陽

如果降下大雨在單人的旅程裡
眾神以雷電尋找我
沒有訊號的手機，如果
無聲的行走使我迷失如一隻鞋
為時時對稱另一部分的自己
感到疲倦，如果時光的鞋帶
纏繞我從這端穿過那端
綁緊一條潮溼的路
彼此成為行李與捆繩，成為
各種形狀的容器
只承受而不延伸其他
更柔軟的話題

我該如何許下承諾如果
容器裡盛放著其他容器
如果大雨降下，傾力撞擊一頂
旅人曾戴起又脫下的草帽
如果我的前額凹陷，愛上某人
如果沿途花朵因體熱產生。大雨裡
所攜帶的乾糧皆因浸水而溶化了
不可知的夜色充滿我心而明日
陽光將選擇超越我在下坡路
一個明亮的夢能吸引所有陰影從後
追趕我，從一種感覺
變成一種行為

我想說的很少但想法
很多，如果降下大雨

我不願只陷入一種腳印
我換穿千百雙鞋，找一個腳型
走一條路，希望能抵達無數方向
之一，如果降下大雨
打溼我的鞋讓我安心
打溼所有語氣讓我著迷於一張臉
蝴蝶般的水光靜靜撲動，難以解釋
像一支安坐下來的音樂

如果降下大雨使有翅的
和無翅的都無法飛行
如果泥濘的行走淤滿漣漪
淤滿日常的光影、言語
在異地的胸膛輕輕起伏
等待流動，等待承認與聯想
如果大雨沖刷讓我顯露出一種

終被分辨出來的口音，如果一張
逾期車票伸出屋簷讓全部的美景
在這裡避雨，讓簷角滴下水落在遠方
此地我試圖明朗地構想：
如果雨停
該如何手寫一封長長的信寄回去
只問妳一個問題

作者簡介

——林達陽（1982-），屏東出生，高雄人。雄中畢業，輔大法律學士，國立東華大學藝術碩士。在離海不遠的地方長大，喜歡書店、電影院、室外球場。著迷於旅行、日常巷弄和能夠看得很遠的地方。

曾獲聯合報文學獎、時報文學獎、自由時報林榮三文學獎、臺北文學獎、香港青年文學獎、教育部文藝創作獎、優秀青年詩人獎等。著有詩集：《虛構的海》、《誤點的紙飛機》，散文：《恆溫行李》、《慢情書》、《再說一個祕密》、《青春瑣事之樹》。

Facebook—林達陽

Instagram—poemlin0511

身為動詞——給所有為了說話而沉默的人

廖宏霖

我們穿越「穿越」這個詞
從後排站起來
我們解散「解散」這個詞
把可以被盤查的一切全部交出去
我們攜帶「攜帶」這個詞
這是唯一可以被留下的證物
我們給出「給出」這個詞
如同編寫一封永遠失效的遺囑

我們不是要磨平言語的鋸齒
而是要讓它吻合某種理想的角度
為了轉動而不是肢解發聲的器官
為了鬆開而不是拴緊想像的瓶子

身為動詞
我們從來不是被困住
而是被「困住」困住

身為動詞
表達就是一種理解

作者簡介

——廖鴻霖（1982-），東華大學華文文學系創作所畢業，曾獲聯合報文學獎、香港青年文學獎、後山文學獎、國藝會文學創作補助、文化部「藝術新秀」出版補助等。參與文史相關的寫作計畫，如《共和流光》、《臺灣的臉孔》、《拔仔庄的畢卡索：花蓮富源鄉12位畫家阿嬤的生命故事》，並出版有個人詩集《ECHOLALIA》。

牆外——於柏林圍牆倒塌二十周年

林禹瑄

他們說：所有真理都是
太過堅實的謊言
還記得嗎，那道牆
穿過三座森林，十條河流
和五百個荒蕪的陽臺
將嘆息與陰影分開
把光和自由圈養起來
像海困住一座島的氣候
而我們在比較乾燥這端
出生、行走、練習撐傘

偶爾眺望彼岸，那道牆

起初是鐵絲網，後來是磚
彷彿我們的習性、生活
在小小的門窗之間
被刀叉和鞋襪建造起來
一道環狀的牆，讓世界對我們
始終置身事外——
眾聲喧譁，我們的沉默浮貼於壁
如此狹窄，和影子一起
在日升日落裡漸次透明、稀薄

那道牆，你是否記得
曾經我們鑿開隙縫，竊聽雷鳴
或者窺視一場暴雨
曾經我們祈禱陽光都熄滅，我們的
願望都善於躲藏和跳躍
我們游泳、跳樓、挖掘地道

在每晚的夢境之間
閃避一顆子彈
如同閃避一個早晨
以及所有曾試圖逃離的餐桌和窗口

「最好倒下。」他們有了新的說法
關於愛和信仰

或這道牆，被塗鴉割據
被酒精淹沒，搗成碎片
再收編進歷史的玻璃櫃
僅僅一個黑夜，他們說

他們拆除了所有昨天
並為此創建了眾多節慶與花園
而我們仍舊逐日醒來，逐日
被困在一個個太美麗的明天

「人們需要一些可見的、
真實可觸的……」他們解釋，他們狂歡
我懂，所謂時間的梗概，紀念
一些可供觀光的情節所謂謊言
悲傷、歡快、憤懣、愉悅……
二十年了，我們的孤獨
還端坐在牆的裡面，沉默、固執
反覆練習撐太堅實的傘
然後明白：世界不會因為一場暴雨
而安靜下來

作者簡介

——林禹瑄（1989-），臺南人。曾獲時報文學獎、宗教文學獎、臺積電青年學生文學獎等。著有詩集《那些我們名之為島的》、《夜光拼圖》。

因為瘋的緣故

唐捐

A

閣樓上的轟女人
花出了她今天第103次尖叫
像軟軟、甜甜、黑黑的小刀，迴旋於我的耳道

逼我說：喔，我也要
無拘無束、破身破相、撕天裂地的呼嚎我也要
高歌，像從窗口摔出999隻貓、99桶尿和9把刀
全部的地球人哦
我也要惹毛
像一隻被摔出的貓，仍然躍起，仍然朗誦（人爽沒話講）：

仍然活著
仍然要飛行
仍然要，大大底起肖
閣樓仍是我們阿祖阿嬤阿姆肖過的閣樓……
（你你你捽得死我但你捽得死千千萬萬熱血的貓青年嗎？喵喵）

仍然要起肖，要噴賽，要脫光光來跑跑
用長長長長的汗頭毛，裹住
罪惡的地球跑跑
而且鬼叫

B

昨夜我沿著絞沒嚴的神經線　有夠雖
翻滾到　有夠雖
月亮撕開嘴巴吞藥的地方　雖

順便請下水道　雖
在地底為我拉出一條宇宙無敵的長長長長的大便　雖
骯是骯髒了　雖
而我的心地　有夠雖
則聖潔如北濤叔南濤哥之白睪貢丸湯
稍有閉結豬處
屎所難免　有夠雖
　因為轟的緣故

此糞你能否消受實無所餵
重要的是　無所餵
你務必在菊花尚未內痔外瘡之前　餵
趕快起肖，趕快鬼叫
　趕快從箱子裡找出我那半塊頭蓋骨
　　趕快上網拍賣你那又黑又柔的尖叫
難厚以一托辣褲的愛　無所餵

點燃一顆炸彈　無所餵
火是我
隨時可能爆破　無所餵
　因為轟的緣故

C

我若 2012 欲佮伊選到底
按呢咧我若 2012
欲佮伊選到底按呢咧
我若 2012 欲佮伊選到底
按呢咧？　喵喵

附記：
里有狂女，有時而叫，叫必竭力，啞而後息。余每聞之而五內俱焚四肢乏力三天兩夜一意孤行，如充電過量，如飲食失度，如憂國無端，凜然有拯鯊魚於碧海之志。乃釋王右丞集而起，繞室徬徨，誦洛公之名句，效狂女之餘波，作〈因為瘋的緣故〉。

作者簡介

——唐捐（1968-），詳見本書頁一二六。

2010 料理

須文蔚

在刀光裡討生活，母親的江湖
從來就不在煙雨迷茫的江南

從來不上峨眉、武當、少林
堅信那兒的齋飯營養不夠
堅持日日與刀俎激戰
以內力震碎里肌肉的筋脈
屠龍刀將黃牛馴服成絲線
再偷偷加入祖傳配方，治療
一家人的空乏、上火、失戀與高血壓

母親總是一個人練功，撈起

鮮魚一如打起水面悠游的落花
以治大國的雍容不輕易翻動魚身
再用乾坤大挪移把山產、雞蛋、新鮮蔬果
收納在牢靠的記憶體中，江湖規矩
先進先出，絕不食言

當爐火爆香蒜片，青菜正要下鍋時
母親拿起空的鹽罐子叫著：
「鹽啊！鹽啊！誰幫我去買鹽！」
空房間模仿著她的聲音學語：
「鹽啊！鹽啊！誰幫我去買鹽！」

母親只好偷偷滴下了眼淚
以孤單為晚餐調味

作者簡介

——須文蔚（1966-），臺北市人，現任國立東華大學華文文學系教授。東吳大學法律系比較法學組學士、國立政治大學新聞研究所碩士、博士。創辦臺灣第一個文學網站《詩路》，是華語世界數位詩創作的前衛實驗者。曾任東華大學研發長、共同教育委員會主任委員、華文文學系主任、《創世紀》詩雜誌主編、《乾坤》詩刊總編輯等。出版有詩集《旅次》與《魔術方塊》，文學研究《臺灣數位文學論》、《臺灣文學傳播論》，編著報導文學《臺灣的臉孔》、《烹調記憶》等。

2010

你有種

鯨向海

我們好久的戀情
不知是否已觸怒死神
你有種灰
熊的感覺
隨時會去冬眠

伸出手臂將深夜的夢抱住
刮完鬍子淚流滿面
召喚那些不該飛走的小星
你有種很
鳥的感覺

叫那些偷菜的都放棄吧
讓那些花火都停止吧
你有種硬
碟的感覺
保存遠方思念
磨損自己

此刻
我最可以想到的是（通緝犯）
我最料想不到的是（大雄）
而你有種含羞
草的感覺

此刻
在浴缸裡勞動，翻滾
無數吻過的人們

也一起坐進來了
我全部的愛是（鵝）
我最初的純真是（鯨）
你卻有種馬
桶的感覺

作者簡介

——鯨向海（1976-），詳見本書頁一四四。

2011

棕櫚從遠方

陳大為

能不能迂迴地譬喻成抽屜呢　妳的島
幽暗而狹長
禁錮著桀驁不馴的單字
成為日後造句　或作文的標題
妳喜歡在崎嶇的地理　蒐集
野生的陽光　像幼苗
籌備一萬畝棕櫚
像蒼穹　召集年輕氣盛的鷲鷹

妳的腹稿起伏如丘陵　率先崛起的
是棕櫚
棕櫚從遠方

傳來　山豬獠牙與獠牙粗糲的摩擦
借風鼓動
借水的表面張力使勁地演奏
以便窩藏　妳對自己的百年預言
意圖孵化出遙遠
如幼小的翼龍　摸索火焰

妳還不懂得計算　遙遠究竟是何等空洞的里程
妳還不曉得　終點是否空無一人
妳把剛學的動詞　臥底在前方
帶上天下第一忠心的菜狗
蘇打餅　兒童水壺　不事二主的習字簿
鞋印一意孤行
沿途留下通關密語　明媚　如開門的芝麻
（很多年後那些自作聰明的傢伙
都開錯了鎖

他們志得意滿　根據草木蟲魚
陷入　島的四種障眼法）

妳喜歡將事物的反面　交給憨厚的現象學
困住肉眼
妳說抽屜裡的世界平滑如鏡
妳說一切的一切只是耳語之倒影
沒有一人站得穩
沒有一樹扎下清醒的根
他們全是這島上佯裝成老房子的旅者
在碼頭　說三道四
議論妳的惡魔果實

妳的島　從此杜絕低能的修辭學
妳說唯有目空一切的盜匪
才找到唯一的芝麻

起碼要有一人
起碼一人
識破抽屜　指證它是島的尋寶想像
　　　　　指證它是島的二十次方

我從鏡面取得最可靠的指紋
潛入棕櫚　野蠻的抽屜
遇上暴風級的單字　置之不理
遇上牛脾氣的單字　置之不理
我選擇破解最簡易的符紋
躲開　炫耀火焰的龍
登陸妳的島
將草木蟲魚和惡魔果實　封存妥當
　　　　　　　　　　編好條碼
我只須找出習字簿裡的　遙遠
我只須瞭解妳在偉大航道上

還得遠行多少年

作者簡介

——陳大為（1969-），詳見本書頁九二。

2012

國父與我——中華民國一百年十月十日

李進文

站在黃皮膚外
審視體內萬丈光芒
來自一面心旌搖撼：健康，有夠力
將熱血沿脊骨升上去
直到雲淡風清
我也曾為渺小的人生努力革命
尚未成功
忽然注意靜靜站在一旁的你
你淡淡地說你是國父。此刻含蓄地
跟著振臂高呼，口號斜斜
年代如煙

廣場上國旗飄揚
藍天將視線從國旗移到趙錢孫李
高唱三民主義，大口換氣
凱達格蘭大道旁
微風中，你彷彿聽見遠方砲火大喊
起義

同志們！我掏出十元硬幣
有蔣介石、蔣經國、蔣渭水，和你
（對照肖像，這枚是你！）
拋向高房價黃金地段的許願池
錢幣上「國泰民安」字樣在空中
不安地翻滾
再奢侈地拋一枚五十元金色的你
願你——與我
實現夢想經費充裕

建國一百年
我潦草抵達中年。
很久沒有聽見梅花的消息，你說：
滿天下的心都不冷不熱。
所幸，有人勇敢地
大量在雙十這天結婚以延續昌隆
所幸小老百姓如我忍辱上班
賺錢以維繫國運

你是國父
卻沒收到請柬，唉
人間到底是現實主義
你站在黃色隔離線外觀禮
聽聽每一任總統文告植入政績
你轉頭問：這是國慶還是選舉？

我顧左右而言他
老實講
國家打拚多年已經有點自由民主
但沒做好你說的均富
不多說了明早連續假期一結束
就得上班，心有夠煩
業務年年被迫深入大陸
不過，對岸對你有好感喔
算你走運！廣東你家鄉有紀念館
南京有高臺階的中山陵
而臺灣把你抬出來當老店的扛棒

你沉默。
我的思考為民前鋒，雖然魯莽
對你還算喜歡
你用醫師慈祥的口吻說：別、請別

動不動就叫我國父。「這趟我來
是為了跟百姓擠在一起溫暖。」
臺灣讓你有親人般的熟悉？
是的，你說至少全世界只有這裡
大街小巷全心維護字體——
漢字的深意……你輕咳一聲又說：
維護，遠比推翻
推翻那個滿清還需要恆久的耐力

作者簡介

——李進文（1965-），詳見本書頁一〇六。

你會來我的葬禮嗎

羅毓嘉

你會來我的葬禮嗎
穿著黑色長襬的風衣
帶給我鴿信，南方的棕櫚
假裝那時
我們對待彼此
是如此有禮

你低著頭
假裝死亡仍然遙遠
一道光穿過虛掩的窗櫺
爐火漸微
漸弱

來我的葬禮為我彈琴
彈那年我們未竟的練習曲
只是，只是死不能習練
如同你不習練眼淚
可能也不需要

是嗎。你會來我的葬禮，為了
看我乖順地躺著
列隊的蟻群也踟躕了吧
讓我知道
你還平安地生活
然後不小心錯念了我的名字
像那年一樣
就像那年一樣

你會來我的葬禮嗎

時間是透明厚重的玻璃
而我們都習慣這哀戚的樂音了
訃聞被撕毀
還可以重新刊登
但我只能死一次而已
像那天一樣

作者簡介

——羅毓嘉（1985-），建國中學紅樓詩社出身，政治大學新聞系畢，臺灣大學新聞研究所碩士。現於資本市場討生活，頭不頂天，腳不著地，所以寫字。曾獲中國時報人間新人獎。作品散見於各報副刊，並曾數度選入年度《臺灣詩選》、九歌《年度散文選》，以及《臺灣七年級新詩金典》等。

著有現代詩集《我只能死一次而已，像那天》、《偽博物誌》、《嬰兒宇宙》，散文集《天黑的日子你是爐火》、《棄子圍城》、《樂園輿圖》。二〇〇四年曾自費出版詩集《青春期》。

部落格：yclou.blogspot.com/

保佑所有已經蓋了的房子和慈悲的空地

王天寬

保佑所有已經蓋了的房子和慈悲的空地吧
保佑所有將寫未寫的信
特別保佑郵差
保佑他們捍衛隱私的漠然決心
保佑所有遠的事物
臨近的海

保佑觸碰式檯燈
保佑人們溫柔碰觸它的手
不要按不要扭
還請你保佑光害
我們被保佑的手不正為星星努力嗎

遮一點看一點

保佑所有等待
即使它們已經不想做自己
多保佑它們一些
保佑易開罐
保佑所有遠的事物
臨近的海

保佑像麵包的漂流木
保佑酒瓶
保佑它裝的是信還是酒請一起保佑
或者溫柔立起瓶內帆船
保佑它搖晃
保佑左肩和右肩

保佑該洗未洗的身體
保佑那一刻
保佑瘦身成功的肥皂
即使後來又胖了起來多保佑一些
保佑所有遠的事物
臨近的海

保佑那棟我免費居住的房子
保佑門前空地
保佑命運在門內門外
跳著舞著
保佑我置身事外
保佑我想起

將洗未洗的身體
該寫未寫的信

蓋了的房子慈悲地成為空地
郵差在樓下
星星在手上
酒瓶或帆船游向陸地

保佑所有的男人和所有的女人
保佑他們曾經的孩子
孩子
曾經是保佑我們的女人和男人
保佑所有遠的事物
寧靜的海

作者簡介

——王天寬（1984-），臺灣人，著有詩集《開房間》。

2015

開始

林婉瑜

你的眼神
從我髮的坡度滑下
經過險峻的鎖骨攀爬
胸前柔軟的丘陵迴轉登陸
水滴形狀的耳垂最後垂降在我
平滑的頸項之間……
（我知道在你眼中我是，一個
女人）
但你我之間
可否
從別的地方開始譬如
從一起玩填字遊戲開始；從一起等待日暮撤退開始

從一起逛動物園學習動物們的手語開始；從電影、詩或演唱會
從夏天草地上的散步開始……

我害怕
從身體開始的
也會
從身體結束

作者簡介

——林婉瑜（1977-），戲劇系畢業。曾獲林榮三文學獎、時報文學獎、《二〇一四臺灣詩選》年度詩獎等獎項。二〇〇七出版《剛剛發生的事》，詩人學者陳義芝推薦：「豐饒的性情、黠慧的詩心、帶著釉光的詩風，確實顯示她超越同輩的才華，為中生代最具代表性的詩人。」二〇一一出版《可能的花蜜》獲第十一屆臺北文學年金，二〇一四出版情詩集《那些閃電指向你》，二〇一七出版《愛的24則運算》，學者李癸雲評介：「在語言層次之內，這絕對是一本極富突破與創造性意義的詩集。」編有《回家——顧城精選詩集》（與張寶云合編）。

果蠅和果醬同源

葉覓覓

穿著一雙硬鞋在他的音樂裡陰著耳朵亂寫
幾幾乎就要跑起來
以某種囤積的痛速
幾幾乎就要牙起來
發射兩百球眼睛的暴雨

我被他的死曝曬
我被他的死灌溉
把空掉的桌椅重新編派
在有限的人生裡翻出無條件的愛

（不是不見，只是不現。）

（不再以人形相戀。）
（但靈魂不滅。）

從裂隙吐出沙粒
我在夢裡舔食他的層層蜜意
用羽毛撣除灰燼
將粉紅色星芒灌進苦澀漬印

（他說，他正在上面照看著我。）
（而且那裡好美麗。）
（我相信。）
（真的相信。）

終點裡永遠包藏著起點
他一步升天而我把自己拋擲得更遠
再悲哀的岔離都是合體的噴泉

喝和渴的母土皆是舌尖
果蠅和果醬同源

（他只是丟下身體。）
（而我還是一隻帶肉的女鬼。）
（我的課題未了。）
（他已完畢。）

（我們終會在源頭團聚。）

作者簡介
——葉覓覓（1980-），詳見本書頁一七九。

2015

維根斯坦的最後漫步

吳岱穎

這是最後一日了
語言仍然困擾你嗎？
在雪松環繞之地
它只是鼻端的一抹水霧
隱現於你開闔的唇間

意義漫漶的時刻
世界剩下模糊的母音
「語言是我們唯一的居所」
他們無恥地說出這殘破的語句
你迷失了回家的道路

什麼是煙火？什麼是燈窗？
顏色在文字裡淡去
聲響復歸沉寂
那給予我們名字的
已然蒙塵於時間的灰燼

誰焚棄了我的地圖
教我在夢中清醒，在日光下沉睡？
誰以夜歌指示方向
教我浪遊如失家之人
再也無法重新進入生活？

但這裡已是終點
前行無路，我亦無法再跟隨
你。碑誌只能記載昨天
事象因篩落而破碎

又上升為繁星，這是知識

如果我選擇以長眠的姿勢仰望
便能不再困擾於俗說和詭辯了嗎？
何以我又在孩童的稚言中看見
萬物的根系——它瘤節繁多
鬚索細密而險惡，引誘我

誤讀你：一棵智慧之樹
種植在語林的熱帶。此地多疫
我彷佛能聽見果實墜地腐爛的聲音
而虛無在虛無中生長繁衍
吞噬我對真理的想望

這是最後一日了
大雪掩沒曾經的足跡

在你沉沉睡下之地我亦覺睏倦
且渾然無法記起
我們曾經同行

作者簡介

——吳岱穎（1976-），花蓮人，師大國文系畢業。著有《找一個解釋》、《更好的生活》（與凌性傑合著）。個人詩集《明朗》、《冬之光》。與孫梓評合編《國民新詩讀本》。

後巷

2016

羅任玲

麻雀無所事事地張望
懸掛誰家窗櫺的往事

那些豆瓣，筍乾，花香
雨天後巷的氣味

我也想過有這樣一天
沒有一點聲響

只有雨，敲打空的波浪板
我也想過有這樣一天

只是不應該是現在
以為你還在你的房間裡

黑暗把你留下
像一個漫長的鎖

只要不輕易說出
那個字

一切都可以重新來過

花香，憾恨，禮物
時間通過了後巷的雨

時間留下了漫長的每一天

作者簡介

——羅任玲（1963-），喜歡秋夜。老樹。星空。荒野。大海。幽深之境。臺師大文學碩士，著有詩集《密碼》、《逆光飛行》、《一整座海洋的靜寂》、《初生的白》，散文集《光之留顏》，評論集《臺灣現代詩自然美學》。

一個老人

孫維民

能夠活這麼長
真的也不容易

像一尾旗魚，逃過
很多很多刺網

像一隻雁鴨，夾帶
槍聲及風雨的記憶

（三流作家會說
你有智慧和寧靜

二流作家會說
你已變成妖怪）
行動遲緩的猩猩
口中還有尖牙
即將病死的野馬
眼裡還有凶猛

作者簡介

——孫維民（1959-），生於嘉義。輔大英文所碩士、成大外文所博士。曾獲時報文學獎新詩獎及散文獎、臺北文學獎新詩獎、梁實秋文學獎散文獎、藍星詩刊屈原詩獎、優秀青年詩人獎等。著有詩集《拜波之塔》、《異形》、《麒麟》、《日子》、《地表上》，散文集《所羅門與百合花》。

鬼

2016

徐珮芬

我心裡的鬼
活得比我更好
健康、聰明
對世界充滿好奇心
在溫柔的情歌中
聆聽古老的恨意
在喧囂的節慶
密謀恐怖攻擊

我心裡的鬼
不吃安眠藥
不肯躺下睡覺

我聽醫生和神的話
試圖擁抱它
回過神來
渾身是傷

我心裡的鬼
是個天生的
藝術家，在我
左手腕上
畫出一道道
紅色的河流
藉我的右手
寫下找尋
同伴的願望
我心裡的鬼

活得比我更老
更小
我在等它長大
等它帶我
回家

作者簡介

——徐珮芬（1986-），花蓮人，清大臺文所碩士。曾獲林榮三文學獎、周夢蝶詩獎及國藝會中篇小說補助等。已出版詩集《我只擔心雨會不會一直下到明天早上》、《夜行性動物》等四本及影視改編小說《人際關係事務所》。平時作品發表於臉書專頁及IG「patmuffin」。

從中間讀起

2017

陳克華

像是一本書從中間讀起
每一天，我都會從某個街角開始
讀起——

重新認識街道的名稱和街邊的小販
汽車的種類和餐廳的菜色
認過市招上的文字後
站在櫥窗前喃喃讀出聲音：
打折。的最後。一天。……

也許夜晚來臨前
我已經讀完完整的一段

進入下一個章節。也許

也許，中途有個路人打斷我，他說著
另一本書中的話：
土星環正切割著地球……
或是：你母親將在下一個段落
遇見她前世的情人，因此生下你
在一場流經家鄉的洪水中——

然後我就睡著了。睡在某個句子
和下個句子之間
某些字辭在我胃裡發酵
有些在我脊椎和膀胱之間
膨脹，或長出刺來

有時一個不時出沒我夢中的老人

會一邊抹去他的五官一邊為我
翻開下一頁。但
我醒來總是醒在
似乎隨意打開的一頁——

在讀過和似乎讀過但已遺忘和不曾讀過之間
的某一頁，像陳舊的城市
今天突然有了全新的地圖
我決意走全然不同的路徑回家

我期待遇見一個路人
在他認出我之前我先認出他
但臉上又都保持著禮貌的冷漠
各自微微放慢了腳步

彷彿幾乎看完一部電影才想起

原來已經看過了——我
總是從中間讀起
並對他完全保密

不肯透露一絲結局。

作者簡介

——陳克華（1961-），詳見本書頁八六。

2017

公園躺椅上的哲學詩

楊維晨

陽光慢慢的　穿過樹
所有的事物都在移動
喜歡會移動
疼痛也會移動

注意會移動
它們產生新的喜歡和新的疼痛
它們產生了新的我
我喜歡

我疼痛
陽光慢慢　繞過樹

我看到
從感覺到思考
其實是退化　是草率

思考是亂動
亂了就以為想得更清楚
好像小狗衝上了草地
以為追逐著以為　以為支撐以為
於是　你以為
你知道了什麼

樹和樹站在一起
草和草站在一起
我們就這樣和知道站在了一起
好像小狗和我們站在一起

作者簡介

——楊維晨（1963-），東吳大學物理系畢業，現教職退休。曾獲一九八五雙溪現代文學獎新詩、散文雙首獎；一九八六全國優秀青年詩人獎；二〇一七臺北文學獎現代詩首獎。曾創辦主編《南風》、《象群》、《曼陀羅》等詩刊。著有《室內樂》、《無言歌》、《在視線和思維交界的地方》等詩集。

2017

葬禮

阿布

死後的第一個早晨
陽光依舊前來
拜訪我們的窗臺

已經有人來過了
那些不及照料的盆栽
昨晚就被清理掉

愛我的人們
都參加了葬禮
哭過以後
把眼淚和我一起留下

領一條廉價的白色毛巾回家
畢竟各自的生命裡
還有更多困境
來不及埋葬

死去反而是最輕鬆的
墓地、戶籍、遺產稅
如此等等
此後都與我無關
我只需要專心的死著

因為活著的人
已經替我決定了許多事
等到他們都離開以後
我與我的死
終於完全擁有彼此

像很久不曾有過的
一個長長的午睡
夢裡出現過的那艘船
航行了多年
在陽光的海域
終於靠岸

作者簡介

——阿布（1986-），現為精神科專科醫師。曾獲聯合報文學獎、時報文學獎、香港青年文學獎等，著有詩集《Déjà vu 似曾相識》、《Jamais vu 似陌生感》、《此時此地 Here and Now》，散文集《實習醫生的祕密手記》、《來自天堂的微光》。

華　文　文　學　百　年　選　10

華文新詩百年選•臺灣卷 2

國家圖書館出版品預行編目（CIP）資料

華文新詩百年選 . 臺灣卷 / 陳大為 , 鍾怡雯主編 . -- 初版 .
-- 臺北市 : 九歌 , 2019.02-
冊 ;　公分 . -- (華文百年文選 ; 9-)
ISBN 978-986-450-230-1 (第 1 冊 : 平裝). --
ISBN 978-986-450-231-8 (第 2 冊 : 平裝)
851.486　　107023698

主　　編——陳大為、鍾怡雯
執行編輯——鍾欣純
創 辦 人——蔡文甫
發 行 人——蔡澤玉
出　　版——九歌出版社有限公司
台北市 105 八德路 3 段 12 巷 57 弄 40 號
電話／02-25776564・傳真／02-25789205
郵政劃撥／0112295-1

九歌文學網　www.chiuko.com.tw

印　　刷——晨捷印製股份有限公司
法律顧問——龍躍天律師 ・ 蕭雄淋律師 ・ 董安丹律師
初　　版——2019 年 2 月
定　　價——300 元
書　　號——0109410
I S B N——978-986-450-231-8